KB033261

강상중과 함께 읽는
나쓰메 소세키

강상중 지음 | **김수희** 옮김

목차

제2장 『산시로』, 『그 후』, 『문』을 읽다

일러두기

1. 이 책은 국립국어원 외래어 표기법에 따라 일본어를 표기하였다.

2. 일본 인명, 지명, 상호명은 본문 중 처음 등장할 시에 한자를 병기하였다.
   *인명
     예) 나쓰메 소세키夏目漱石, 아쿠타가와 류노스케芥川龍之介
   *지명
     예) 에히메愛媛, 구마모토熊本
   *상호명
     예) 시세이도資生堂, 이노우에井上안과

3. 어려운 용어는 독자의 이해를 돕기 위해 주석을 달았다. 역자 주, 편집자 주로
   구분 표시하였으며, 나머지는 저자의 주석이다.
   *용어
     예) 골계본滑稽本(에도 시대의 일종의 코믹소설-역자 주),
         메이지明治(1868~1912년, 메이지천황의 통치 시기를 가리키는 연호-편집자 주)

4. 서적 제목은 겹낫표(『』)로 표시하였으며, 그 외 인용, 강조, 생각 등은 따옴표를
   사용하였다.
   *서적 제목
     예) 『나는 고양이로소이다吾輩は猫である』, 『마음こころ』

들어가며

오카모토 잇페이岡本一平 《소세키 선생님》

나쓰메 소세키夏目漱石는 아마도 여러분에게 가장 잘 알려진 작가일 것입니다. 하지만 그의 작품을 차분히 음미하며 읽어본 경험이 있는 분은 의외로 많지 않을지도 모릅니다.

이 책을 통해 제가 너무나 좋아하는 소세키의 매력을 여러분에게 전하고 싶은 마음입니다. 하지만 유감스럽게도 저는 소세키 연구가는 아닙니다. 제 본업은 정치학자이기 때문에 문학연구나 소세키 연구에 대해서는 완전히 아마추어입니다.

한편 나쓰메 소세키는 일본을 대표하는 소설가이기 때문에 소세키 연구자 분들이 무척 많으며 실제로 소세키나 그의 작품을 다룬 책과 논문도 헤아릴 수 없을 정도로 많습니다. 아울러 꼭 연구자는 아닐지라도 저보다 더 깊이 있게 읽고 계신 독자 분들도 분명 매우 많을 것입니다.

그런 가운데 제가 소세키에 대해 뭔가를 말하는 것은 참으로 식은땀이 날 일입니다. 하지만 소세키에 대한 제 각별한 마음만은 다른 누구에게도 절대 지지 않을 거라 생각합니다. 소세키를 읽을 때마다 새로운 발견을 하며 저는 그것을 인생의 큰 양식으로 삼고 있습니다. 그래서 저는 제멋대로 소세키를 인생의 스승이라고 생각하고 있습니다.

어째서 제가 이토록 소세키에 깊이 빠져들었는지 그 계기에 대해 먼저 밝혀두고자 합니다. 제가 소세키에 대해 처음으로 흥미를 가졌던 것은 중학생 정도였을 때의 일입니다.

저는 규슈九州 구마모토熊本 출신입니다. 실은 소세키도 구마모토에서 지냈던 적이 있습니다. 1896년(메이지 29년), 그의 나이 29세 때 구마모토에 있는 제5고등학교에 강사로 부임해 왔습니다. 아직 소설가로 데뷔하기 이전의 일이었습니다.

참고로 소세키란 사람은 메이지明治(1868~1912년, 메이지천황의 통치 시기를 가리키는 연호-편집자 주) 시대가 시작되기 한 해 전인 1867년(게이오 3년)에 태어났기 때문에 메이지 29년이면 29세입니다. 연호와 연령이 일치하는 것입니다. 이것은 소세키가 실로 메이지라는 시대와 함께 살아온 인물이라는 사실을 나타내고 있습니다.

하지만 소세키가 구마모토에 있었다는 사실에 대해서는 모르는 사람이 많을지도 모릅니다. 반면에 소세키가 마쓰야마松山에 있었던 일은 유명합니다. 구마모토로 부임해 오기 전 도쿄東京제국대학의 영문과를 졸업하고 2년 정도 흘렀을 무렵이었습니다. 그는 에히메愛媛의 마쓰야마에 있는 에히메현진조愛媛県尋常중학교(현재의 에히메현립마쓰야마히가시愛媛県立松山東고등학교-역자 주)에서 1년 정도 교편을 잡고 있었습니다.

고작 1년밖에 되지 않았음에도 소세키가 마쓰야마에 있었던 일이 널리 알려진 까닭은 이때의 체험을 바탕으로 약 10년 후『도련님坊っちゃん』이라는 매우 저명한 작품을 썼기 때문입니다.

그에 비해 구마모토에는 4년 3개월 동안이나 체재했는데도 그 이야기는 그다지 주목을 받고 있지 않습니다. 물론 소세키도 구마모토를 무대로 한 작품을 썼습니다. 『풀베개草枕』, 『이백십일二百十日』이라는 두 작품이 바로 그것입니다.

『풀베개』는 소세키의 걸작 중 하나라고 생각되는데, 『도련님』만큼 읽기 쉬운 문장이 아닌 탓인지 지명도 면에서는 큰 차이를 보이고 있는 듯합니다. 구마모토 출신인 저로서는 여러분께서 소세키와 구마모토의 관계를 좀 더 알아주시길 바라는 마음입니다.

다시금 저와 소세키의 만남으로 이야기를 되돌리고자 합니다. 도쿄 올림픽을 치른 다음 해인 1965년, 제가 열다섯 살 무렵의 일이었습니다. 당시 저는 두 친구와 함께 가출을 감행하여 도쿄에서 한 달간 생활한 적이 있습니다. 세타가야世田谷의 가라스야마烏山라는 곳이었습니다.

당시에는 지금처럼 규슈신칸센九州新幹線이 있었던 것도 아닙니다. 당연히 수중에 가진 돈도 없었기에 우리들은 완행열차로 도쿄로 향했습니다. 여름도 가장 무더울 때였습니다. 끊임없이 열차를 갈아타며 무려 20시간 이상이나 걸렸던 것으로 기억합니다.

친구와 가출을 했던 이유는 도쿄가 어떤 곳인지 반드시 내 눈으로 직접 확인해보고 싶었기 때문입니다. 올림픽이라는 공전의 축제로 들끓는 도쿄를 텔레비전을 통해 보고 도쿄에 대한 동경심이 더더욱 강해졌을 것입니다. 친구의 형이 세타가야의 신문배달소에 있었다는 사실도 가출을 부추겼습니다.

하지만 그때까지만 해도 아직 나쓰메 소세키의 작품을 제대로 읽지 않았습니다.

집으로 돌아온 다음 해인 중학교 3학년 때, 저는 처음으로 『산시로三四郎』라는 작품을 읽고 깜짝 놀랐습니다. 『산시로』에 대해서는 제2장에서 상세히 소개할 예정인데 그 도입부는 주인공 오가와 산시로小川三四郎란 청년이 제국대학에 진학하기 위해 규슈에서 기차로 상경하는 장면에서 시작됩니다. 그 묘사가 제가 가출했을 때의 경험과 완벽히 일치했던 것입니다.

당시 규슈에서 도쿄까지 당일로 가는 것은 불가능했기에 산시로는 열차를 타고 가다 일단 나고야名古屋에서 내려 숙소를 잡습니다. 나고야에서는 자그마한 에피소드도 있습니다. 산시로가 기차에서 우연히 만나게 된 여성과 어찌어찌하다가 한 이불 속에서 하룻밤을 보내게 된 것입니다. 그런데도 아무 일 없이 아침을 맞이하게 되자 여성으로부터 "참 배짱이 없는 분이시네요"라는 소리를 듣게 되어버립니다.

물론 중학생인 저에게 그런 아슬아슬한 경험은 없었습니다. 하지만 나고야에서 일단 하차한다는 것은 저의 감각과도 딱 맞아떨어졌습니다.

또한 『산시로』에서는 소세키가 구마모토에 있는 제5고등학교에 다녔던 시절의 일도 조금이나마 묘사되고 있습니다. 저는 거기서도 제 자신과의 공통점을 발견했습니다. 산시로는 구마모토에 머물 무렵 다쓰타야마龍田山라는 산에 오르거나 달맞이꽃으로 뒤덮인 운동장에서 잠을 잤다고 말했습니다. 실은 저의 본가가 바로 그 다쓰타야마에 있었습니다. 다쓰타야마의 뒤편은 히고 번肥後藩(구마모토 번熊本藩의 옛 명칭-역자 주)의 다이묘大名였던 호소카와細川 집안의 위패를 모신 절이 있는 곳입니다. 유명한 호소카와 가라샤細川ガラシャ(오다 노부나가織田信長를 죽인 아케치 미쓰히데明智光秀의 셋째 딸. 천주교 신자로도 저명-역자 주)의 산소도 있어서 전 수상 호소카와 모리히로細川護熙(일본의 정치인이자 히고 호소카와 가문의 제18대 당주-편집자 주) 씨도 찾아오곤 합니다. 저는 야구부였기 때문에 다쓰타야마에서는 토끼뜀을 하거나 연습 중 잠깐 쉴 때 실제로 낮잠을 잔 적도 있었습니다. 그런 연유로 저에게 오가와 산시로라는 등장인물은 무척 친근감이 느껴지는 대상이었습니다.

소세키에게 구마모토는, 체재 중에 아내인 교코鏡子 씨와 혼례를

올렸고 장녀인 후데코筆子도 태어난 각별한 곳입니다. 그러나 안타깝게도 소세키는 구마모토를 그다지 좋아하지 않았을지도 모른다는 생각이 듭니다.

마쓰야마에서 교편을 잡았던 곳은 구학제舊學制의 중학교(지금의 고등학교)였습니다. 한편 구마모토 제5고등학교는 지금의 대학교 1, 2학년에 해당하는 학교였기 때문에 구마모토 시절이 경제적으로는 더 풍요로웠을 것입니다.

소세키는 구마모토에 있을 동안 무려 여섯 번이나 이사를 합니다. 그 가운데 1년 반 정도로 가장 오래 살았던 곳이 구마모토 성의 안쪽에 해당하는 우치쓰보이內坪井에 있는 5번가 주택입니다. 지금은 소세키 기념관이 되었는데 장녀 후데코가 태어났을 때 목욕물로 사용했다는 우물도 아직 그대로 남아 있습니다. 소세키는 거기서 서생書生과 하녀를 두고 살았습니다. 서생이란 다른 사람 집에 얹혀살면서 집안일 등을 도와주며 공부하는 학생이나 젊은 이를 말합니다. 그런 사람들을 집에 둘 여유가 있었기 때문에 구마모토 시절의 소세키는 제법 잘 살고 있었다고 생각됩니다.

그러나 소세키가 구마모토를 칭찬하는 듯한 문장은 남겨져 있지 않습니다. 소세키는 구마모토 시절, 학생들과 함께 하이쿠俳句 (5·7·5 율조의 일본의 전통 정형시—역자 주) 모임을 열고 많은 하이쿠를 창작했습니다. 소설가로서 데뷔하기 전 소세키는 하이쿠를 짓는 가인歌人으로 널리 이름이 알려져 있었을 정도였습니다. 소세키가 구마모토에서 읊었던 구는 '구마모토 백구熊本百句'로 정리되어 있습니다. 하지만 그 '구마모토 백구'에서는 아소산阿蘇山, 오아마온천小天温泉(풀베개의 무대가 된 구마모토의 온천—역자 주) 등 여러 관광지를 다룬 구도 있지만, 정작 구마모토의 대명사라고도 할 수 있는 구마모토 성熊本城(가토 기요마사加藤清正가 개축한 일본의 이름난 성곽—역자 주)에 대해서는 거의 다루어지지 않고 있습니다.

소세키는 구마모토 성 근처에 산 적이 있기 때문에 조금 의아하게 느껴집니다. 어쩌면 소세키는 이곳을 싫어했는지도 모릅니다. 구마모토 성은 소세키가 태어난 지 10년 후 사이고 다카모리西鄉隆盛(메이지 유신의 주역 중 한 사람이었으나 정한론에서 패배해 중앙 정계를 떠난 후 가고시마를 거점으로 반정부투쟁을 주도한다—역자 주) 등 사족士族과 메이지 신정부군이 격렬하게 싸운 세이난西南전쟁의 무대가 된 장소입니다.

또한 그는 소풍으로 학생들을 데리고 아마쿠사天草에 간 적도 있습니다. 하지만 아마쿠사에 갔던 일에 대한 언급도 보이지 않습니

구마모토 시절의 소세키와 교코 부인. 좌우에는 서생과 하녀. 하녀는 무릎 위에 고양이를 안고 있다. 소세키 앞에는 개가 앉아 있다.

다. 당시에는 소풍을 갔을 때 학생들을 대상으로 군사교련도 실시하고 있었기 때문에 역시 그런 것들을 싫어했던 것이겠지요. 만약 소세키에게 구마모토가 무시무시한 이미지와 결부되어 있었다면 다소 유감스러운 기분도 듭니다.

한편 저는 최근 제 자신과 소세키의 연결점을 또 한 가지 발견했습니다. 그것은 도쿄에서의 일입니다. 저는 수년 전 왼쪽 눈 백내장 수술 때문에 오차노미즈御茶ノ水에 있는 이노우에井上안과라는 병원에 다니고 있었습니다. 그런데 놀랍게도 그곳이 바로 소세키가 첫사랑이라 할 수 있는 이상적인 여성을 처음으로 만났던 장소라는 것입니다. 결국 소세키는 이 여성과 결혼하지 않았습니다. 하지만 저는 수술이 끝난 후 그 사실을 알게 되면서 저와 소세키가 깊은 인연으로 이어져 있다는 생각이 들었습니다.

그 후 제가 정치학에서 전공으로 삼아왔던 막스 베버(1864~1920년)라는 독일 사회학자에게도 나쓰메 소세키와 비슷한 점이 몇 가지나 된다는 사실을 발견했습니다.

소세키와 베버는 거의 같은 시기에 영국·미국·프랑스와 비교해서 '후진적' 신흥국이었던 독일과 일본에서 태어났습니다. 두 사람은 똑같이 신경 계통 질환을 앓으면서도 제각각 사회학과 문학이란 분야에 기반을 두면서 근대화가 초래한 심각한 인간성의 위기에 날카로운 시선을 던졌습니다. 그리고 20세기, 나아가 21세기도 간파하는 문명비판을 남겼던 것입니다.

이렇게 저는 더더욱 소세키에게 깊이 빠져 들어갔습니다. 특히 소세키란 사람이 가진 다면성에 매료되어갔습니다. 섬세하면서도 동시에 대담하며 유머러스하면서도 위태롭습니다. 한마디로는 도저히 표현할 수 없으며 때로는 모순을 느끼게 할 정도로 깊이 있는 작가란 생각을 항상 가지고 있습니다.

이 책에서는 소세키의 수많은 작품 중, 데뷔작인『나는 고양이로소이다吾輩は猫である』, 전기 3부작『산시로』,『그 후それから』,『문門』, 그리고 고등학교 교과서에서도 자주 다루어지고 있는『마음こころ』을 소개하면서 소세키의 깊이 있는 매력을 여러분에게 전하고자 합니다.

| 제1장 |
문명사회는 위태롭다
~『나는 고양이로소이다』를 읽다~

소세키 자화상. 제5고등학교 시절의 제자인 다구치 슌이치田口俊
一에게 보낸 엽서. '거울을 보고 내 초상화를 그렸더니 이렇게 완
성되었다. 제법 호남이다'라고 적혀 있다.

이번 장에서 다룰 『나는 고양이로소이다』란 작품은 직접 읽어보진 않았더라도 제목은 들어본 적이 있다는 사람은 많지 않을까요. 주인공이 고양이라는 독특한 설정, 일본문학 사상 가히 코페르니쿠스적 전환이라고 말할 수 있는 설정과 더불어 소세키의 대표작으로 널리 알려져 있는 작품입니다.

그러나 고양이가 주인공이라 해도 고양이들의 세계를 묘사한 작품은 아닙니다. 이야기는 엄마 고양이를 잃어버린 새끼 고양이가 중학교 영어교사인 '구샤미苦沙彌 선생님' 집에 숨어들어가 우여곡절 끝에 그 집에 살게 되는 데 성공한다는 대목에서 시작됩니다. 그리고 이 이름 없는 고양이(여기서는 '고양이'라고 부르기로 합니다)의 눈을 통해 구샤미와 그 가족, 그리고 그 집에 드나드는 친구들의 인간 군상을 유머러스하게 그려가는 '사생문寫生文(사물을 있는 그대로 묘사하는 글-역자 주)'입니다.

이 작품은 1905년부터 1906년에 걸쳐 발표된 작품으로 소설가 소세키의 실질적 데뷔작입니다. 37세로 늦깎이 데뷔였습니다. 소세키가 이 작품을 쓰게 된 것은 어떤 친구가 기분전환 삼아 소설을 집필해보라고 권유했기 때문입니다. 영문학을 전공으로 하고 있던 소세키 입장에서 작품 집필은 이른바 '놀이'이기도 했습니다.

왜 소세키에게는 '기분전환'이 필요했던 것일까요. 그 까닭은 이 무렵의 소세키가 심적으로 매우 침울해져서 정신적으로 거의 한계상황에까지 내몰려 있었기 때문입니다. 그 원인이 된 것이 30대 전반에 경험했던 영국 유학이었습니다.

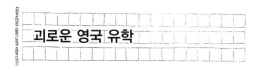

괴로운 영국 유학

소세키는 구마모토에 체재한 후 1900년(메이지 33년) 영국으로 유학을 떠납니다. 일본 정부 문부성의 명령을 받아 떠난 국비유학이었습니다. 영어를 잘 했던 소세키는 영어 교육법을 배워 오라는 명을 받았습니다.

당시 일본은 메이지 유신 이후 서양의 근대화를 따라잡기 위해 시행착오를 거듭하고 있었습니다. 대학을 비롯한 교육기관에서는 메이지 초기부터 '고용 외국인'이라 불리는 서양인 교원을 초빙하여 높은 급료를 주며 수업을 하고 있었습니다. 동시에 서양에도 직접 유학생을 파견하여 기술이나 제도를 배울 수 있게 하고 있었습니다. '메이지 시대의 문호'로 나쓰메 소세키와 쌍벽을 이루는 모리 오가이森鷗外도 1884년(메이지 17년) 22세의 젊은 나이로 위생학을 배우기 위해 독일로 국비유학을 떠났습니다.

그러나 30대 전반의 소세키에게 2년 반에 걸친 영국 유학은 무척 불쾌한 시간이었던 것 같습니다. 국비유학이라고는 해도 받는 돈이 한정되어 있어서 영국에서는 매우 궁핍한 생활을 하고 있었습니다. 게다가 연구도 한계에 부딪혀 점점 정신적으로 궁지에 몰리게 되었습니다.

'미쳐서 발작 증세를 보였다'는 소식이 문부성에 전해지고 나서 소세키는 1903년(메이지 36년) 1월 일본으로 귀국했습니다. 그리고 제일고등학교와 도쿄제국대학(모두 현재의 도쿄대학에 해당한다) 영어강사

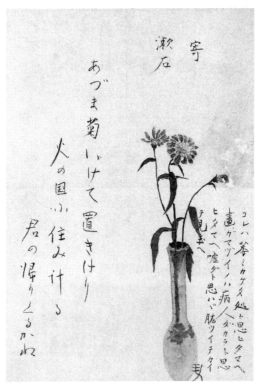

寄

漱石

あづま菊いけて置きけり
火の国に住み計る
君の帰り来るかね

コレハ菊ミカケ
處ト思ヒタマ
画ガマツイノハ病
ヒタマヘ嘘ダト
思ハバ脇ツイ
テ見玉

마사오카 시키正岡子規가 병상에서 소세키에게 보냈던 엽서. 하이쿠에 보이는 '불의 나라火の国'는 화산이 많은 구마모토를 가리킨다. 첨부된 말은 '이것은 꽃이 막 시들려고 할 때라고 부디 생각해주게나, 그림을 못 그린 것은 병자라서 그런 거라고 생각해주게나, 거짓말이라 생각되면 팔꿈치를 대고 그림을 그려보게나'란 내용으로 두 사람의 우정이 잘 배어나고 있다. 소세키는 평생에 걸쳐 소중히 간직하며 요절한 벗을 그리워했다.

가 됩니다. 그 즈음 소세키의 정신 상태는 한층 악화되었습니다. 소세키는 자신의 상태를 '신경쇠약'이라 부르고 있었습니다.

그런 소세키를 딱하게 생각하던 친구 다카하마 교시高浜虚子가 유쾌한 단편소설을 써보라고 권유합니다. 그러한 계기를 통해 세상에 나온 작품이 바로 『나는 고양이로소이다』인 것입니다. 7살 연하의 다카하마 교시와는 친구인 하이쿠 가인 마사오카 시키를 통해 알게 되었습니다. 학창 시절 여행지였던 마쓰야마에서 만났습니다. 교시 역시 하이쿠를 읊는 가인으로 『호토토기스ホトトギス』 (1897년 창간 당시 종합문예지로 출발하였으나 이후 보수 하이쿠 가단을 대표하는 문예지로 성장-역자 주)란 하이쿠 잡지의 중심인물로 활약하고 있었습니다. 하이쿠 잡지이긴 했지만 소설도 제법 게재되고 있어서, 소세키는 거기에 단편소설을 기고하게 됩니다.

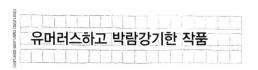

유머러스하고 박람강기한 작품

애당초 단편으로 집필된 작품이었지만 호평을 얻는 바람에 10회에 걸쳐 연재하게 되었습니다. 결과적으로 소세키의 작품 중 미완으로 끝난 『명암明暗』 다음으로 가장 긴 작품이 되었습니다. 매번 새로운 에피소드가 소개되는 형식으로 작품 전체를 관통하는 굵직한 사건이 없는 구성을 취하기 때문에 유명세에 비해 실제로 이 작품을 처음부터 마지막까지 꼼꼼히 읽은 사람은 의외로 적을지도 모릅니다.

『나는 고양이로소이다』는 보통 무척 유머러스하고 유쾌한 작품으로 평가받고 있습니다. 실제로 고양이 눈을 통해 묘사된 등장인물은 언뜻 보기에 모두 지식인(인텔리)이지만 무의미한 수다에 흥겨워하는 속물적인 인간들입니다. 아는 척하거나 허세를 부리거나 진지하지 못한 무책임한 사람들입니다. 읽다 보면 자기도 모르게 웃음이 나와 버리는 사람들뿐입니다.

예를 들어 고양이 주인인 중학교 영어교사 진노 구샤미珍野苦沙弥는 고집불통에 위가 약하고 심지어 '신경쇠약' 기미를 보이고 있습니다. 그런 성격은 소세키 본인의 특징 그 자체이기 때문에 소세키가 자기 자신을 모델로 삼고 있다는 점은 분명합니다. 그렇게 자기 스스로를 객관적인 웃음거리로 삼아 소설을 쓰는 행위를 통해 소세키는 자신 안의 정신적 균형을 유지하려 했던 것으로 보입니다. 분명 이 작품은 소세키 특유의 유머로 가득 차 있습니다.

그와 동시에 보통 사람을 훨씬 능가하는 소세키의 교양이 발휘된 작품이기도 합니다. 동서고금에 걸친 소세키의 박람강기博覽强記한 모습은, 예를 들어 작품 중에 보이는 번뜩이는 재담이나 독자적인 조어방식에서도 발견할 수 있습니다. 또한 패러디, 해학, 소탈함, 뭐든지 감당할 수 있습니다. 등장인물들이 자신의 지식을 드러내 보이고자 하는 이런저런 대화 내용, 혹은 그런 인간들의 모습을 '고양이'가 비평하는 대목은 소세키의 박학다식함이 없다면 도저히 불가능했을 장면입니다.

자연스럽고 리드미컬하게 전개되는 언어들의 향연을 만끽하면서 동시에 소세키의 광범위한 지식, 그 깊이에 놀라지 않을 수 없습니다. 그는 늦깎이 소설가로서 그때까지 내면에 담아두어 왔던 것들을 한꺼번에 폭발시키듯 이 작품을 썼던 것 같습니다. 혹은 일종의 조증mania(양 극단 사이에서 기분이 변화하는 조울증, 혹은 양극성 장애에서 우울증의 반대되는 상태, 기분이 상승한 상태–역자 주) 상태였을지도 모르겠습니다.

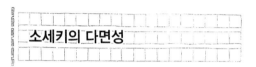

소세키의 다면성

그러나 『나는 고양이로소이다』는 그저 유머러스하고 유쾌하고 소세키의 지식이 유감없이 발휘된 작품에 머무르고 있지 않습니다. 언뜻 보면 유쾌하고 위트로 가득 찬 문장들 같지만 그 사이사이에서 소세키의 어둡고 날카로운 일면 역시 엿볼 수 있기 때문입니다.

그 하나가 당시 사회에 대한 통렬한 비판입니다. 메이지라는 시대는 서양 여러 나라를 따라잡자는 분위기를 타고 서양에서 여러 가지 문물이 밀려 들어왔을 뿐만 아니라 제도나 인간의 가치관도 서양을 표본으로 하여 급속도로 변화해갔던 시대였습니다.

그러나 실제로 영국에서 유학생활을 보내며 서양을 직접 경험하고 그 안에서 한 사람의 일본인으로서 발버둥 쳤던 소세키 입장에서는 일본의 서구화란 너무나 급조된 천박한 것으로 보였습니다. 가까스로 겉모습만 흉내 낸 가짜로 보였던 것입니다. 작품 속에서 소세키는 유머를 섞어가며 그런 모든 것들에 대해 날카로운 시선을 던지고 있습니다.

또한 소세키가 당시 정신적으로 질환을 앓고 있었다는 사실을 엿볼 수 있는 장면도 있습니다. 그저 단순한 블랙 조크에 불과하다고 치부할 수 없을 정도로, 뭐랄까 죽음을 연상시키는 오싹한 장면도 등장합니다.

이런 관점에서 문명에 대한 소세키의 날카로운 시선과 소세키 스스로의 내면의 어둠, 그 양쪽 모두에 대해 살펴보고자 합니다.

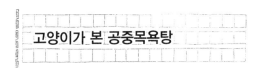

고양이가 본 공중목욕탕

제가 이 작품 속에서 가장 인상적이라 생각하는 장면이 있습니다. 그것은 제7화, 고양이가 처음으로 인간들의 공중목욕탕을 엿보러 가는 장면입니다. 그 묘사가 압권으로 오히려 그로테스크할 정도입니다. 운동을 좀 해보겠노라고 작심한 고양이가 어느 날 집 주변 대나무 울타리 위를 돌아다니는 엑서사이즈를 하다가 땀을 너무 흘려, 주인이 자주 다니던 '공중목욕탕'이란 곳에 한번 가봐야겠다고 생각하는 대목에서 시작됩니다.

'공중목욕탕'을 몰래 살펴본 고양이는 경악을 금치 못하며 이런 식으로 말하고 있습니다.

뭐가 기이한 풍경이냐고? 차마 내가 입에 담기 꺼릴 정도로 기이한 풍경이다. 이 유리창 안에서 우글거리며 시끄럽게 떠들어대고 있는 인간들은 모조리 나체다!

공중목욕탕이므로 당연히 안에 있는 사람들은 모두 벌거벗은 사람들입니다. 고양이는 평소 옷을 입은 인간밖에는 본 적이 없기 때문에 벌거숭이 인간들이 모인 모습을 '기이한 풍경'이라고 말하고 있습니다. 어린 학생들 중에는 아직 공중목욕탕에 가본 적이 없는 분들도 계시겠지요. 그런 분들에게는 어쩌면 고양이와 마찬가지로 '기이한 풍경'으로 비칠지도 모르겠습니다.

상세한 인용은 생략하지만, 여기에 이어지는 소세키의 공중목욕탕 묘사는 마치 에도 시대에 나온 시키테이 산바式亭三馬(에도 시대 후기의 골계본 대표 작가─편집자 주)의 골계본滑稽本(에도 시대의 일종의 코믹소설─역자 주)『우키요부로浮世風呂』를 읽는 것 같은 재미가 있는 한편, 뭐랄까 인간의 본성이 온통 드러나 버린 듯한 그로테스크함을 느끼게 합니다. 인간이 공중목욕탕에서 나체가 될 때 거기에는 지성도 명예도 모두 사라지며 오히려 문명의 껍질이 벗겨진 한심스러움마저 드러납니다.

첫 번째 이야기에서는 아직 새끼 고양이였던 '고양이'가 맨 처음 인간을 봤을 때 '우선 털로 장식되어 있어야 할 얼굴이 미끌미끌해서 흡사 주전자 같다'라고 말했습니다. 분명 온몸이 털로 뒤덮인 고양이 입장에서는 털 없는 인간이 이상한 족속으로 비치겠지요.

인간은 미끌미끌하고 털이 없기 때문에 옷을 입는 것입니다. 만약 제가 강연회 같은 자리에 옷을 입지 않고 나체로 나왔다면 분명 내일 신문에서 사회면을 도배해버리겠지요.

나체화를 좋아하는 소세키

공중목욕탕을 엿보던 고양이는 나아가 이런 말을 계속합니다.

애당초 옷의 역사를 거슬러 올라가면 ──너무 장황하니 이것은 토이펠스드뢰크Teufelsdröckh(칼라일Carlyle의 작품 「의상철학Sartor Resartus」에 나오는 주인공인 독일인 철학 교수─역자 주) 군에게 양보하고, 거슬러 올라가는 것만은 멈춰주겠지만, ──인간은 완전히 옷으로 버티고 있는 것이다. (중략) 최근에는 나체화, 나체화 하면서 자꾸 나체를 주장하는 선생님도 있지만 그것은 잘못된 것이다. 태어나서 오늘에 이르기까지 단 하루도 나체가 된 적이 없는 내 입장에서 보면 아무래도 잘못된 일이다.

전반 부분은 무슨 말인지 잘 이해할 수 없는 부분도 있지만 나중에 생각하기로 하고, 후반부를 먼저 살펴봅시다. 최근 '나체화'가 유행한다고 고양이는 말하고 있습니다. 나체화란 것도 서양 미술에서 도입된 것 중 하나입니다. 그때까지 일본에서 인물의 누드라는 것은 다루어지지 않았던 제재題材였으나 서양 숭배와 함께 그것이 얼마나 멋진 그림인지 자주 선전되고 있었습니다. 이에 대해 털이 있는 고양이는 그런 인간들의 풍조는 '잘못된 것'이라고 반대 의견을 내놓고 있는 것입니다.

그러나 정작 소세키 자신은 나체화에 관심을 가지고 있어서 영

소세키가 제5고등학교 시절의 제자인 하시구치 미쓰구橋口貢에게 보낸 엽서.
데라다 도라히코寺田寅彦에게도 같은 나체화를 그린 엽서를 보냈다.

워터하우스 《인어》 1900년.

국 유학 시절에도 미술관에서 제법 감상했던 모양입니다. 런던에 있는 영국국립미술관이나 현재의 빅토리아 앨버트 박물관, 혹은 잡지 『스튜디오』 등을 통해 세기말 예술이나 아르누보(아르 누보 작품을 많이 전시한 파리의 한 화랑에서 만들어진 용어. 길고 유기적인 선을 사용하는 것이 특징으로 영국에서 처음 발달되어 유럽 전역으로 확산되었다-역자 주) 작품들과 친숙해졌고 그중 특히 나체화에도 관심을 가지고 있었던 것 같습니다. 『산시로』에 등장하는 '허리 밑은 물고기인 나체의 여성'인 머메이드(인어)의 이미지 등은 라파엘 전파(왕립 아카데미의 역사화에 반발하여 1848년 젊은 영국 화가들이 결성한 단체-역자 주)를 계승하는 화가 워터하우스Waterhouse의 작품 '인어'에서 착상을 얻었던 것이 분명합니다. 나체화에 대해 상당히 관용적이었다고 해도 좋겠지요.

그러나 그것은 소세키가 가진 콤플렉스의 이면이 원인이기도 했습니다. 키나 골격, 풍모나 피부색 때문에 소세키가 영국인들에게 콤플렉스를 느끼고 있었다는 사실은, 예를 들어 『런던 소식』(『호토토기스』에 수록됨)의 다음과 같은 대목에도 잘 나타나 있습니다. '이번에는 건너편에서 묘한 낯빛을 한 자그마한 인간이 걸어온다고 생각하고 있었는데 이는 바로 거울에 비친 내 모습이었다.' 소세키의 이러한 자조어린 웃음에 대해 우리들은 결코 따라 웃을 수 없을 것입니다.

소세키는 영국 유학 중 자신과 유럽 사람들을 비교하며, 도대체 미의식의 기준이 어디에 있는 것인지, 괴로워했던 게 아닐까 생각합니다. 일본에는 옛날부터 화조풍월花鳥風月이라 하여 자연의 아름다운 풍물을 벗 삼아 풍류를 즐기거나 하이쿠나 단가短歌 (5·7·5·7·7의 5구 31음을 원칙으로 하는 일본 고유 정형시―역자 주)가 있었으며 산수화의 세계도 있었습니다. 그것은 소세키에게 이미 친숙한 존재였으며 이후에도 계속 사랑했던 가치관이기도 했습니다.

그런 한편으로 일본인들에게는 또 다른 일면도 있었습니다. 기존의 일본식 상투와 기모노 의상을 벗어던지고 머리를 자르거나 서양식 의복으로 갈아입음으로써 어떻게든 급조된 '문명인'이란 얼굴을 하고 있었다는 측면이 바로 그것입니다. 문명이라는 측면에서 분명 상당히 뒤처져 있던 일본에서 건너온 소세키. 그는 그 자신이 서양인과 똑같은 옷을 걸침으로써 어떻게든 문명인 같은 얼굴을 한 채 런던을 활보하고 있다는 감각을 맛보고 있었을 겁니다. 실로 인간은, 특히 일본인은 '완전히 옷으로 버티고 있다'고 생각하지 않을 수 없었겠지요.

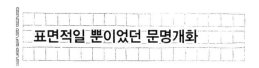

표면적일 뿐이었던 문명개화

고양이가 하는 말을 조금 더 들어봅시다.

그토록 나체가 좋다면 딸을 발가벗기고 그 참에 자기도 벌거숭이가 되어 우에노공원上野公園(도쿄의 대표적인 대중 공원 중 하나로 굴지의 벚꽃 명소-역자 주)이라도 산책하면 될 텐데. 왜, 그건 불가능한가? 불가능한 게 아니라 서양인들이 하지 않으니 자기들도 하지 않는 것뿐이겠지. 실제로 불합리하기 짝이 없는 그 따위 예복을 입고 잔뜩 으스대며 데이코쿠帝国호텔(1890년 도쿄에 세워진 본격 서양식 호텔로 현재도 일본을 대표하는 고급 호텔 중 하나-역자 주) 같은 데 들락거리지 않는가. 그 연유를 따져 물으면 아무 답변도 못하지. 그저 서양인들이 입으니까 입는다고 할 거야. 서양인은 강하니까 무리해서라도, 설령 그것이 바보스럽다 해도 흉내 내지 않고는 견딜 수 없겠지. 기다란 것에는 감겨라, 강한 것에는 꺾여라, 무거운 것에는 짓눌려라. 이런 명령들을 그대로 따르다니, 너무 어리석지 않은가.

이런 고양이의 대사에는 소세키의 고뇌가 잘 나타나 있습니다. 일본인이 서양인 흉내를 내며 나체화를 칭송하지만 실제로 자기가 알몸이 되어 거리를 활보하지는 않습니다. 그 이유가 뭔고 하니, 단지 서양인이 하지 않기 때문이라는 것입니다. 그리고 일본인에게 도저히 어울린다고 생각되지 않는 연미복 같이 우스꽝스러운 예복을 입고 서양풍의 데이코쿠호텔 따위에 드나드는 것도 그저 서양인 흉내를 내고 있기 때문이라는 것입니다.

인간들은 평등을 싫어한다?

고양이의 분석은 더더욱 날카롭게 계속됩니다.

그 옛날 자연은 인간을 평등한 존재로 만들어 세상에 내보냈다. 때문에 어떤 인간이라도 태어날 때는 반드시 벌거숭이다. 만약 인간의 본성이 평등에 안주할 수 있는 존재라면 기꺼이 이런 벌거숭이 모습 그대로 마땅히 살아가야 할 것이다. 그런데 벌거숭이 중 한 사람이 이렇게 말한다. 모든 사람이 다 똑같다면 공부할 이유가 없다. 애써 고생해도 소용이 없다. 어떻게든 '나는 나다, 누가 봐도 나다'라는 점을 드러내고 싶다. (중략) 그렇다면 이런 심리로부터 중대한 발견을 할 수 있다. 그건 다른 게 아니다. 자연이 진공을 싫어하는 것처럼 인간은 평등을 싫어한다는 사실이다.

조금 어려울까요. 고양이는 이렇게 말하고 있는 것입니다. 인간은 막 태어났을 때는 모두 벌거벗은 상태다, 따라서 옷을 입지 않으면 평등할 수 있는데 인간이란 "그럼 너무 따분해"라며 여러 의상을 발명하기 시작했고 역사상 여러 종류의 의복을 만들어냈다, 그 결과 옷차림을 보면 계급을 알 수 있게 되었다. 그런 식으로 굳이 자기 기호에 따라 옷을 입고 싶어 하기 때문에 인간은 기실 평등을 싫어하는 게 아닐까…… 고양이 주제에 제법 깊이 있는 이야기를 하고 있군요.

의복이 계급을 나타낸다는 사실은 여러분들 머릿속에 그다지
감이 오지 않을지도 모르겠습니다. 하지만 에도 시대만 해도 신
분에 따라 입을 수 있는 옷이 정해져 있었고, 메이지 시대가 되어
도 차림새를 보면 그 사람의 경제 상태나 출신을 금방 알 수 있었
습니다. 나중에 나오는 부유한 가네다金田 집안의 따님은 입고 있
는 옷들이 구샤미의 아내나 하녀와는 전혀 다릅니다. 지금도 명품
옷을 입은 사람을 보면 부자일 거라고 추측하기도 합니다. 게다가
러일전쟁을 치루고 있던 소설 연재 당시, 군복은 그야말로 계급을
나타내는 상징이나 다름없었을 것입니다.

어쩌면 소세키는 애당초 원고에 당시의 화족華族(메이지 유신 직후부
터 패전 직후까지 일본 왕실로부터 귀족작위를 하사받은 일본제국의 귀족계급의 총칭-역
자 주)이나 부자, 혹은 군인들을 그 복장을 통해 야유하는 맥락의
이야기를 썼던 게 아닐까 하고 추측하는 사람들도 있습니다. 그런
원고를 다카하마 교시가 첨삭해서 삭제해버린 게 아닐까 하는 설
입니다. 혹시라도 그렇다면 본래 얼마나 과격한 이야기였을지 참
으로 보고 싶다는 생각이 듭니다.

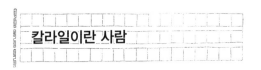

칼라일이란 사람

고양이의 철학에는 놀라지 않을 수 없는데, 사실 이 이야기에
소재를 제공한 작품이 있습니다. '애당초 옷의 역사를 거슬러 올

라가면 ──너무 장황하니 이것은 토이펠스드뢰크 군에게 양보하고, 거슬러 올라가는 것만은 멈춰주겠지만, ──인간은 완전히 옷으로 버티고 있는 것이다'라는 고양이의 대사가 있었습니다. 이 '토이펠스드뢰크 군'에 그 비밀이 숨겨져 있습니다.

'토이펠스드뢰크'란 독일어로 직역하면 '악마의 똥'이란 의미입니다. 그리고 이 '토이펠스드뢰크 군'은 칼라일이란 사람이 쓴 『의상철학』이란 책의 주인공입니다. 요컨대 고양이는 '인간의 옷의 역사에 대해서는 칼라일의 『의상철학』에 자세히 쓰여 있기 때문에 여기서는 논하지 않겠지만……'이라고 말하고 있는 게 됩니다. 따라서 소세키가 『의상철학』을 바탕으로 이 장면을 쓰고 있다는 사실을 알 수 있습니다. 소세키는 자신의 글의 소재가 된 작품이 무엇인지 밝히고 있는 것입니다.

여기서 칼라일에 대해 조금 소개해두기로 합시다. 토마스 칼라일(1795~1881년)은 영국의 스코틀랜드 출신 평론가입니다. 소세키가 유학을 갔을 당시에는 이미 고인이 되어 있었는데 대영제국을 대표하는 지식인으로 널리 알려져 있었습니다. 독일에 건너가 영국에 독일 문학이나 역사를 소개했던 것으로도 알려져 있습니다. 일본에서도 니토베 이나조新渡戸稲造(근대 일본을 대표하는 교육자이자 외교관–역자 주)나 우치무라 간조内村鑑三(일본의 그리스도교 사상가–역자 주) 등의 저명인들이 칼라일의 작품을 즐겨 읽었기 때문에 제법 붐을 불러일으킨 바 있습니다.

스코틀랜드는 영국(대영제국) 북쪽 지방으로 18세기 초까지는 '스코틀랜드 왕국'이라는 독립국이었습니다. 그 때문에 문화도 독자적이었고 영국 안에서도 중심으로부터 벗어난 곳이었습니다. 스코틀랜드 특유의 '사투리'도 있어서 그 출신자들이 차별받는 경우도 있었던 모양입니다.

낯선 이국에서 건너온 소세키는 어딘가 공감하는 바가 있었는지, 스코틀랜드 출신자들과 즐겨 교류했다는 사실이 알려져 있습니다. 그리고 소세키는 스코틀랜드 출신인 칼라일의 서적도 가까이 하며 런던 체재 중에는 그의 기념관을 방문하였고 훗날 그 경험을 바탕으로 『칼라일 박물관』이란 단편을 썼을 정도입니다.

『나는 고양이로소이다』의 다른 부분에서도 칼라일은 또다시 등장합니다. "모든 병이란 조상과 자기 자신이 저지른 죄악의 결과일 수밖에 없지"라고 말하는 친구에게 선천적으로 위장이 약한 구샤미가 "자네의 가설은 흥미롭긴 하네만, 그 유명한 칼라일도 위는 안 좋았다네"라며 밑도 끝도 없는 답변을 하는 부분입니다. 역으로 생각해보면 칼라일을 그 정도로 권위 있는 인물로 파악하고 있었다는 말이 되겠지요.

그렇다면 칼라일의 『의상철학』에는 도대체 어떤 내용이 쓰여 있었던 것일까요. 『의상철학』은 어느 나라의 대학교수인 토이펠스드뢰크가 자신이 가진 식견을 정리하고, 그것을 또 다른 편집자가 소개한다는 형식을 취하고 있습니다. 여기서 칼라일은 '인간의 제도나 도덕이란 것은 유행하는 의상 따위에 지나지 않는다'고 말하고 있습니다. 서양의 예복을 흉내 내면서 서양의 제도나 도덕까지 그대로 모방하는 일본인을 보며 씁쓸하게 생각하고 있던 소세키에게 칼라일의 이런 비판은 한층 뼈저리게 느껴지지 않았을까요.

이런 의미에서 『나는 고양이로소이다』는 『의상철학』의 훌륭한 패러디라고 말할 수도 있습니다. 패러디란 오리지널 책을 알면 보다 더 즐길 수 있게 되기 마련입니다. 조금 어려운 책이긴 하지만, 여러분들도 혹시 기회가 된다면 꼭 『의상철학』에도 도전해주시길 바랍니다.

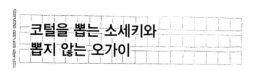

코털을 뽑는 소세키와 뽑지 않는 오가이

소세키는 시대를 날카롭게 비평한 칼라일처럼 자기도 일본의, 아시아의 칼라일이 되겠다는 마음을 담아 『나는 고양이로소이다』를 집필했던 것일지도 모릅니다.

소세키는 겁이 많고 신중하면서도 이렇듯 시대와 승부하는 대담한 일면도 가지고 있었습니다. 소세키는 지금도 국어 교과서에 나오는 전형적인 '국민 작가' 중 한 사람이지만, 실은 교과서에는 차마 실을 수 없는 비판적인 글도 적지 않으며 '반국가적'인 측면 역시 현저한 작가입니다.

그런 점에서 '메이지의 문호'로 쌍벽을 이룬다고 칭해지는 모리 오가이와는 대조적입니다. 오가이는 군인(군의관)이라는 입장에 있었기 때문에 그의 작품에 국가를 거스르는 듯한 시점은 소세키만큼 발견되지 않습니다. 그뿐만 아니라 유머 면에서도 도저히 소세키를 따라잡을 수 없을 것입니다. 특히 많은 사회주의자들이 처형당한 대역사건大逆事件(1910년 일본 각지의 무정부주의자, 사회주의자가 천황 암살을 계획한다는 이유로 검거되어 처벌당한 사건-역자 주) 이후, 역사소설로 전환하여 메이지라는 현실사회 자체를 응시하지 않게 됩니다.

그 진위 여부에 대해 확실히 알 수는 없지만, 오가이는 유학 중 어느 독일인으로부터 "일본인들은 코털을 뽑기 때문에 더럽다"는 말을 듣게 되어 쇼크를 받았다고 합니다. 오가이는 "그건 사실이 아니다"라고 분개하며 독일에 있는 일본인들을 관찰했다고 합니다. 몇 명인가를 관찰한 결과, '거봐, 역시 그런 짓을 하는 자가 없잖아'라고 잠깐 안심했다가 결국 코털을 뽑고 있는 일본인을 발견해버리고는 맥이 탁 풀려버립니다. 출처도 명확하지 않은 이야기지만, 어쩐지 모리 오가이라면 있을 법한 이야기일지도 모릅니다.

그에 비해 『나는 고양이로소이다』에는 구샤미에 대해 이런 묘사가 보입니다. 선생님은 지식인인 체하며 뭔가 끄적거리고자 원고용지 앞에 앉아 있지만 전혀 글에 진전이 없습니다. 선긋기를 하며 놀고 있는데 사모님이 다가옵니다.

"여보, 있잖아요"라고 말을 건다.

"왜?"라고 남편은 물속에서 징을 치는 듯한 소리를 낸다.

답변이 마음에 들지 않았는지 아내는 다시금 "여보, 있잖아요"라고 운을 뗀다.

"뭔데 그래?"

이번엔 콧구멍 속으로 엄지손가락과 집게손가락을 넣어 코털을 쑤욱 잡아당긴다.

"이번 달은 좀 모자라는데요……."

"모자랄 리 없지. 의사에게 약값도 다 치렀고 책방에도 지난달 다 지불했잖아. 이번 달은 남아야 정상이지."

선생님은 자신이 뽑아낸 코털을 천하에 다시없는 구경거리라도 되는 양 흡족히 바라보고 있다. (중략) 붉은 털, 검은 털 등 여러 가지 색이 뒤범벅된 가운데 한 줄기 새하얀 코털이 있다. 무척 놀란 모습으로 뚫어져라 한참을 들여다보고 있던 남편은 코털을 손가락 사이에 끼운 채 아내의 얼굴 앞으로 쑥 내민다. "어머나!" 하고 아내는 얼굴을 찌푸리며 남편의 손을 밀쳤다.

"이걸 좀 봐, 코털 새치야."

남편은 엄청 감동한 표정이었다. 이쯤 되자 아내도 웃으며 거실로 돌아갔다. 돈 문제는 단념한 모양이다.

완전히 서양화되지 못한 일본인을 부정하려고 했던 오가이와 달리, 소세키는 아무리 예복을 몸에 걸치고 서양인 흉내를 내봤자 결국에는 도저히 숨길 수 없었던 일본인의 현실을 유머러스하게 있는 그대로 응시하며 묘사해가고 있는 것입니다.

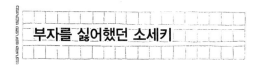

부자를 싫어했던 소세키

소세키는 이 작품 속에서 졸부에 대해 특히 냉정하게 묘사하고 있습니다. 그 대표적인 존재가 가네다 집안의 사람들입니다.

구샤미와 가까운 이웃에 사는 가네다 집안은 그 이름 그대로 부자 일가입니다(가네다金田의 가네는 일본어로 돈을 뜻하기도 함-역자 주). 실업가를 싫어하는 구샤미와는 교류가 없는 인물인데 어느 날 구샤미에게 가네다 집안의 부인이 찾아와 간게쓰寒月가 어떤 인물인지 묻습니다. 딸인 도미코富子가 간게쓰에게 한눈에 반했기 때문에 그가 어떤 인물인지 알아보러 온 모양입니다. 간게쓰는 과거에 구샤미 집에 기거했던 서생으로 지금도 빈번히 구샤미 집안에 출입하는 이학사였습니다. 이학사란 대학의 이학부를 졸업한 사람을 말합니다.

가네다 부인이 돈 좀 있다는 이유로 오만한 태도를 취했기 때문에 애당초 부자를 싫어했던 구샤미는 더더욱 심하게 응대합니다. 부인의 코가 무척 컸기에 고양이도 이 부인에게 '하나코鼻子'라는 별명을 붙였습니다. 구샤미는 부인이 돌아간 후에도 같이 자리를 함께 하고 있던 친구 메이테이迷亭와 한참 흉을 보며 바보 취급을 합니다.

구샤미는 소세키의 분신이라고 앞서 언급한 바 있는데 소세키 역시 돈 많은 사람을 싫어했습니다. 소세키는 대문호이기 때문에 분명 부자일 거라고 생각하는 사람도 많을지 모릅니다. 그러나 실은 소세키는 평생 동안 남의 집에서 살았으며 자녀들도 많아 돈을 융통하느라 고생했습니다. 이런 점도 모리 오가이와는 대조적입니다. 모리 오가이의 경우 정부의 요직에 앉아 금전적으로도 풍요로웠기 때문입니다.

소세키는 다른 작품에서도 부자나 실업가에 대한 혐오감을 드러내고 있습니다. 『이백십일』, 『태풍野分』이 그 대표적인 작품이며, 앞으로 이 책에서 다룰 『마음』에도 그런 대목이 나옵니다.

『마음』에서는 '선생님'이라 불리는 인물이 부유한 집안에서 태어났음에도 불구하고 대학 시절 부친의 사망 후 숙부에게 속아 재산을 빼앗겨 버립니다. 숙부는 사업가로 지방의회 의원도 역임한 인물입니다. '선생님'이 미처 눈치채지 못한 사이에 제멋대로 '선생님' 부친의 재산을 이용하여 기울어지고 있던 자신의 사업을 다시 일으켰던 것입니다.

여러분은 '자본주의'란 단어를 알고 있겠지요. 자본주의란 교과서적으로 말하자면 생산 수단을 자본으로 사유한 자본가가 노동력을 파는 노동자로부터 노동력을 상품으로서 구입하고 그것을 웃도는 가치를 가진 상품을 생산하여 이윤을 남기는 경제 시스템입니다.

19세기 말에 이르면 자본주의는 새로운 단계에 진입합니다. 본업의 이익에 의해 돈을 버는 것이 아니라 주식 같은 것을 사거나 팔아 그 차액으로 이익을 얻는 사람들이 많아졌습니다. 투기, 선물 거래 따위로 불리는 것으로, 이를 주식자본주의라고 합니다. 이른바 경영과 자본이 분리된 단계입니다.

또한 경제계와 정계의 유착도 문제시되고 있었습니다. 『마음』에서도 '선생님'의 숙부는 지방 정계와 깊은 관련이 있는 인물로 묘사되고 있고 『그 후』에서도 주인공 다이스케代助의 부친이나 형이 정치가에게 뇌물을 주고 있을 거라는 내용이 적혀 있습니다.

분명 착실한 소세키는 노동과 직접적인 연관이 없이 돈을 버는 이런 방식을 싫어했던 것이겠지요.

소세키는 부자뿐 아니라 권위적인 학자들도 싫어했던 것 같습니다. 소세키 역시 제국대학을 우수한 성적으로 졸업한 엘리트였고 국비 영국유학을 거쳐 제국대학 영문학 강사를 지냈기 때문에 '권위적인 학자를 싫어한다'고 하면 쉽게 이해가 안 갈지도 모르겠습니다.

조금 여담을 하자면 제국대학에서의 소세키의 전임자는 패트릭 래프카디오 헌Patrick Lafcadio Hearn(고이즈미 야쿠모小泉八雲)이란 인물이었습니다. 그리스에서 태어나 아일랜드에서 자란 헌은 세계를 전전하며 저널리스트가 되었고 1890년(메이지 23년) 출판사 통신원으로 일본에 오게 되었습니다. 그 후 통신원을 그만두고 시마네 현島根県 마쓰에松江, 그리고 소세키와 같은 구마모토에서 영어교사 생활을 시작합니다. 그러다 도쿄로 와서 일본 국적을 취득하고 제국대학 강사가 되었습니다.

헌의 수업은 흥미로웠는지 학생들에게 무척 인기가 있었습니다. 헌이 해임되자 학생들 사이에서 헌이 그만두지 않았으면 좋겠다는 운동이 일어났을 정도입니다. 그 후 그 자리에 취임한 사람이 소세키였습니다. 소세키의 수업은 어려운 문학이론을 설명하는 시간으로 학생들에게는 평판이 나빴던 모양입니다.

그런데 『나는 고양이로소이다』의 등장인물은 구샤미를 비롯하여 메이테이나 간게쓰 모두 대학 출신의 인텔리입니다. 대학진학

률이 무척 낮았던 당시, 대학을 나왔다면 그것만으로 엄청난 엘리트였습니다. 그러나 한편으로 고학력임에도 불구하고 취직도 되지 않는, 오늘날 용어로 말하자면 니트족('Not in Education, Employment or Training'의 약어로 진학이나 취직을 하지 않으면서 직업훈련도 받지 않는 사람들. 취업에 대한 의지가 전혀 없기 때문에 실업자나 아르바이트로 생활하는 프리터족과는 구별됨-역자 주)이 증가하여 문제가 되기 시작했던 시대이기도 했습니다. 현대에 이르러서는 자주 듣는 말이지만 메이지 시대에도 이미 그런 문제가 생겨나고 있었던 것입니다. 당시 이런 고학력 니트를 '고등유민高等遊民(메이지 시대부터 쇼와(1926~1989년) 초기에 자주 사용된 단어로, 고등교육을 받았으면서도 경제적으로 윤택했기 때문에 굳이 생산적 활동을 하지 않았던 사람들-역자 주)'이라 불렀습니다.

구샤미는 중학교 교사였기 때문에 니트족은 아니었습니다. 하지만 박봉인 탓에 항상 사모님에게 '돈이 부족하다'는 말을 들었습니다. 친구인 메이테이도 언변이 좋고 지식도 많은 것 같지만 도무지 아무런 도움도 되지 않을 쓸데없는 이야기만 늘어놓으며 시간을 허비하고 있을 뿐 실제로 어떤 일을 하고 있는지 잘 모릅니다. 어쨌든 세상의 권력과는 연고가 없는 사람들입니다. 아무래도 그저 '대학 출신'이라는 것만으로는 부족해서 좀 더 자신의 가치를 높이지 않으면 좋은 직장을 잡을 수 없었던 모양입니다.

그런 사람들 사이에서 부상한 것이 간게쓰와 도미코의 혼담입니다. 간게쓰는 이학사이기 때문에 이미 대학을 나와 학사가 된 상태입니다. 그러나 도미코의 아버지 가네다는 그것만으로는 만족하지 못한 채 도미코와 결혼할 생각이라면 간게쓰가 박사학위를 따길 바란다고 말합니다. 그리하여 간게쓰는 박사학위 취득을 위해 논문을 쓰기 시작합니다(이 시대에는 아직 '석사'라는 학위가 없었습니다).

박사학위와 결혼이란 것이 직결되어 있다니 너무 이상하다고 생각될지도 모르겠습니다. 그러나 소세키는 다른 작품에서도 이와 비슷한 이야기를 묘사하고 있습니다. 바로 『우미인초虞美人草』란 소설인데 『나는 고양이로소이다』와는 완전히 다른 심각한 내용의 작품입니다.

이 작품에는 마성적인 여자 후지오藤尾가 등장합니다. 후지오에게는 약혼자가 있었지만 박사학위를 반드시 취득할 것으로 생각되는 수재 오노小野에게 맹렬히 어필합니다. 후지오는 야심에 찬 아름다운 여성이었습니다. 당시 여성으로서는 파격적일 정도로 자신의 욕망에도 충실합니다. 소세키는 이런 타입을 싫어했던 모양입니다. "후지오는 죽어줘야만 한다"며 그렇게 되도록 줄거리를 써내려갔다고 합니다.

당연히 이야기는 그런 전개로 나아갑니다. 오노는 아름답고 부유한 후지오에게 매료되지만 그에게는 또 한 사람, 고향에 두고 온 약혼자, 은인의 딸이 있었습니다. 결국 오노는 '도의'를 지키라는 친구의 충고를 저버리지 않고 후지오를 거절했기 때문에 프라이드가 높은 후지오는 죽음을 택하게 됩니다.

이처럼 이야기의 제재가 될 정도로 박사학위란 당시 중요한 사회적 지위였습니다. 박사학위를 가진 인물은 당시 결혼상대로서 매우 전도유망하다고 간주되었던 것 같습니다. 그러고 보니 최근에는 그다지 듣지 않게 된 말이지만, 예전에는 어린이의 장래에 기대를 담아 말할 때 '장래엔 박사가 되려나, 장관이 되려나'란 표현을 하곤 했습니다.

그러나 소세키는 그런 사회적 지위를 노리고 결혼하려는 여성, 후지오에게 비참한 최후를 선사합니다. 『나는 고양이로소이다』에서도 도미코는 간게쓰와 맺어지지 않습니다. 간게쓰는 말로만 논문을 쓴답시며 빈둥거리다 결국 고향에서 결혼할 사람이 정해져버립니다.

도미코는 후지오와 달리 자살하지는 않으며, 결국 구샤미 집의 또 다른 서생 출신으로 실업가가 된 청년과 결혼하게 됩니다. 그에 대한 도미코의 심경은 묘사되고 있지 않지만 어쨌든 도미코의 사랑은 이루어지지 않게 됩니다. 도미코는 제멋대로인 인물로 하녀인 어떤 소녀에게 질투를 하기도 합니다. 결코 매력적인 여성으로 묘사되고 있지 않기 때문에 소세키가 도미코에게도 호의적이지 않았다는 사실은 명확해 보입니다.

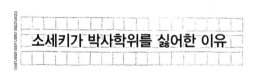

소세키가 박사학위를 싫어한 이유

어째서 소세키는 박사학위나 그것을 바라는 사람들을 이토록 싫어했던 것일까요.

메이지 시대도 유신이 막 시작될 무렵에는 이제부터 새로운 시대를 만들어가자는 신선한 기풍이 충만해 있었습니다. 그러나 소세키의 시대에 이르면 그러한 분위기는 상실되고 사회는 교착화됩니다. 『나는 고양이로소이다』가 연재된 것은 마침 러일전쟁이 치러진 무렵인데 그 전후前後부터 국가체재의 경직이 현저해집니다.

부자와 정계와의 관계에 대해서는 조금 전에도 언급했지만, 그 유착관계에 대학이나 학술 세계도 가담하게 됩니다. 대학을 나온 우수한 엘리트가 관료가 되어 국가 중추에 합류하면 더더욱 강고한 권력이 완성되어가는 것입니다.

소세키는 그러한 유착적 권력을 싫어했습니다. 신중하고 진지한 사람들의 뜻을 꺾어버리는 것으로 간주했습니다. 권위적인 박사학위도 그러한 상징 중 하나였던 것이겠지요. 이러한 국가체제를 유지하기 위한 인물들의 배출을 목적으로 한 대학, 그에 대한 반항심이 소세키의 내면에서 항상 일관되게 존재하고 있습니다.

소세키 자신도 논문에 의해 박사학위를 취득한 적이 없습니다. 그러나 『나는 고양이로소이다』 집필로부터 5년 후인 1911년(메이지 44년), 문부성으로부터 문학박사 학위를 수여하겠다는 연락을 받았습니다. 마침 이때 소세키는 입원 중이라 집에 없었습니다. 그런데 집으로 갑자기 '내일 학위를 수여할 터이니 문부성으로 출두하라'란 통지가 왔던 것입니다. 아내 교코 씨가 소세키가 입원해 있다는 사실을 전하자 바로 집으로 학위증서가 보내져 왔습니다.

이런 태도에 격노한 소세키는 사퇴 편지와 함께 증서를 돌려보냅니다. 문부성은 학위 사퇴는 전대미문의 사건으로 아무쪼록 받아달라고 말하지만, 소세키는 끝까지 거부했습니다. 그 글에서 소세키는 이렇게 적고 있습니다.

오늘날까지 그저 나쓰메 아무개로서 세상을 살아왔으며 앞으로도 역시 그저 나쓰메 아무개로서 살고 싶다고 희망하고 있습니다.

또한 훗날 소세키는 이 소동의 전말을 아사히朝日신문에 기고하는데 그 글에서는 이처럼 언급하고 있습니다.

> 박사가 아니면 학자가 아니라는 식으로 세간에서 생각하게 만들 정도로 박사에 가치를 부여한다면 학문은 소수의 박사들의 전유물이 되어 일부 학자적 귀족들이 학문적 권력을 완전히 장악하게 될 것이다. 동시에 선택에서 누락된 다른 것들은 완전히 방치되는 결과를 낳아 가히 혐오할 만한 폐해가 속출될 것이 나에게는 절실히 염려되어지는 바이다.

박사학위를 너무 감사해하면 박사학위를 취득한 극소수의 '학자적 귀족'이 권력을 장악해버릴 것 같아 두렵다고 말하고 있습니다. 이런 대목에서도 권위에 대한 소세키의 반항심이 엿보입니다. 『나는 고양이로소이다』를 썼을 당시 소세키는 제국대학 강사였지만 제국대학의 총장도 약간 바보 취급 할 정도로 대학의 권위에 대한 혐오감이 강했던 모양입니다.

본시부터 이러한 정신을 가지고 있던 소세키가 권위주의적인 대학에서 뭔가를 가르친다는 것에는 한계가 있었겠지요. 이 작품으로부터 2년 후 소세키는 대학을 그만두고 전업 작가의 길을 선택하게 됩니다.

목매달기 소나무와
죽음에 대한 충동

지금까지 우리는 『나는 고양이로소이다』 중에서 특히 소세키의 사회비판적인 면이 엿보이는 대목에 대해 주목해왔습니다. 이어서 소세키의 또 다른 일면, 광기를 엿볼 수 있는 부분을 살펴보도록 합시다.

웃음을 자아내는 밝은 작품이라는 이미지의 『나는 고양이로소이다』이지만, 실은 한바탕 웃어버리는 것만으로 끝낼 수 없는 섬뜩한 장면이 언뜻언뜻 보입니다.

그중 제일 먼저 꼽을 수 있는 것이 목매달기 소나무 에피소드입니다. 평소처럼 구샤미에게 친구인 허풍선이 메이테이가 찾아와 신기한 체험을 했다고 이야기를 꺼냈습니다.

어느 날 메이테이는 어머니로부터 온 우울한 편지를 읽고 울적해져서 산책을 하러 밖으로 나왔는데 해가 저무는 시각인 데다 추워서 쓸쓸한 기분이 들었습니다. 이럴 때 사람들은 죽고 싶어질지도 모르겠다고 생각하고 있었는데 언뜻 정신을 차리고 보니 '목매달기 소나무' 아래에 와 있었다는 것입니다. 목매달기 소나무란 '옛날부터 전해지기를 누구든 이 소나무 아래로 오면 목을 매달고 싶어지게 되는' 소나무라는 것입니다. 그리고 생각합니다.

아아, 줄기 모양이 참으로 멋지구나. 그대로 두기에는 정말이지 아깝다. 어떻게든 내일 여기에 인간을 매달아보고 싶다,

누구 오는 사람 없나 하며 사방을 두리번거리지만 아무도 오지 않는다. 어쩔 수 없다. 나라도 매달아 볼까.

그런 다음 메이테이는 약속이 있어 일단 집으로 돌아갔다가 다시금 소나무가 있는 곳을 가보았습니다. 그러자,

　와 보니 이미 누군가가 와서 먼저 매달려 있다. 겨우 딱 한 걸음 차이로 말이지. 자네, 참으로 유감이구먼. 지금 생각해 보면 어쩌면 그때는 죽음의 신에 씌었던 모양이야. 제임스 같은 사람의 말에 따른다면 잠재의식하의 유명계幽冥界와 내가 존재하는 현실계가 일종의 인과법에 의해 서로 감응하고 있었던 것이겠지.

허풍선이 메이테이의 이야기이기 때문에 곧이곧대로 받아들일 수는 없지만 매우 기분 나쁜 이야기입니다. 용케 이런 내용을 썼다는 생각도 듭니다. 유머러스하게 묘사되고 있기 때문에 무난히 읽히는 장면이지만, 만약 정말로 심각하게 적혀 있었다면 읽는 사람도 기분이 다운될 내용입니다. 소세키 역시 가끔씩 목을 매달고 싶다거나 죽고 싶다는 생각이 문득 머릿속을 스쳐 지나가는 경우가 있었기 때문에 이런 에피소드가 가능했을 것입니다.

메이테이의 대사에 '제임스'라는 말이 나오는데, 이 사람은 소세키보다 20세 정도 연상인 미국의 철학자이자 심리학자, 윌리엄 제임스(1842~1910년)를 말합니다. 소세키는 그의 저서인 『심리학원론』, 『심리학개론』을 읽고 있었으며 전자는 아마도 번역까지 했을

것입니다. 그는 당시 등장한 지 얼마 안 된 심리학이란 학문에 대해 이상하리만큼 많은 관심을 가지고 있었습니다. 자신이라는 존재를 명확히 하고 싶다는, 오로지 그 마음 때문이었을 것입니다.

'잠재의식'이라는 말이 나오는데 소세키는 심리학의 입장에서 잠재의식, 즉 무의식이란 개념을 이해하고 있었습니다. 제임스를 통해 자신의 내부를 깊이 파고들어 가고자 했던 것입니다.

한편 『나는 고양이로소이다』는 다른 대목에서도 목을 매다는 이야기가 나오고 있습니다. 이학자 간게쓰가 그날 밤 '목매달기 역학'에 대한 연설에 대비하여 구샤미와 메이테이 앞에서 예행연습을 한다는 이야기입니다. 거기에는 목을 매달 때의 역학적인 공식까지 등장합니다.

실은 이 이야기에도 소재를 제공한 작품이 있습니다. 19세기 영국 학자 호턴이란 사람이 '목매달기 역학'이라는 논문을 썼는데, 그것을 간게쓰의 모델이자 소세키의 제자였으며 물리학자이기도 했던 데라다 도라히코寺田寅彦가 발견해서 소세키에게 소개했던 것입니다.

그런 논문을 패러디 삼아 목을 매다는 수식까지 소설 안에 등장시킨다는 대목을 읽어보면 소세키의 마음이 상당히 병들어 있었다고밖에는 생각되지 않습니다. 『나는 고양이로소이다』는 실은 '광인 일기'였던 게 아닐까 하는 생각마저 듭니다.

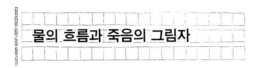
물의 흐름과 죽음의 그림자

생각해보면 이야기의 마지막에 보이는 고양이의 죽음도 거의 반쯤은 자살이라고 볼 수 있습니다. 고양이는 어느 날, 호기심으로 맥주를 한 컵 들이키고 기분이 좋아져 발을 헛디디고 맙니다. 정신을 차려보자 독 안에 든 물 속에 빠져 있습니다. 처음에는 어떻게든 빠져나오려고 발버둥 치지만 어느 순간 '자연의 힘에 맡겨 저항하지 않기로' 하고 마지막에는 '나는 죽는다. 죽어서 이런 태평함을 얻는다. (중략) 참으로 감사하다'라고 하며 죽어버리는 것입니다.

『나는 고양이로소이다』 안에서 구샤미는 소세키의 분신이라고 일컬어지고 있는데, 이 고양이 역시 소세키의 일부를 투영하고 있습니다. 왜냐하면 고양이는 어미 고양이를 잃고 기댈 데가 없는 처지인데 소세키 역시 유소년기에 마음 편히 지낼 수 있는 곳이 없는 특수한 환경 속에서 성장했기 때문입니다.

소세키의 본명은 나쓰메 긴노스케夏目金之助라고 하는데 긴노스케가 태어난 나쓰메 집안은 유복한 나누시名主(에도 시대의 마을의 장-역자 주)였습니다. 하지만 이미 아이들이 많이 있었기 때문에 소세키는 원치 않은 아이였다고 합니다. 그리고 어린 시절 어느 집 양자로 들어가게 되는데 양부모가 이혼해버려 결국 생가인 나쓰메 집안으로 되돌아오게 됩니다. 소세키는 한동안 친아버지, 친어머니를 할아버지, 할머니라고 알고 컸다고 합니다. 그렇게 소세키는

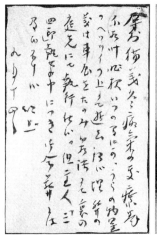

(좌)소세키가 제자인 고미야 도요타카小宮豊隆에게 보낸, 기르던 고양이 사망통지. 『산시로』 집필로
바쁘기 때문에 조문은 생략해주길'이란 내용이 담겨 있다.
(우)고양이 사망기사는 아사히신문에도 게재되었고 그것을 본 지인이 소세키에게 보낸 '조문'엽서.

마음 둘 곳 없이 불안정한 환경 속에서 자랐던 것입니다. 태어난
지 얼마 되지 않아 어미 고양이를 잃고 우여곡절 끝에 구샤미 집
에 숨어 들어와 살게 된 이름 없는 고양이에게는 자신과 비슷한
부분이 있었던 것이겠지요.

그런 고양이를 연재 마지막에서 어쩌면 자살이라고도 파악할
수 있는 형태로 죽게 해버렸던 것입니다. 비록 유머러스하긴 하지
만 소세키 심정 어딘가에 죽음을 갈망하는 마음이 있었다는 사실
은 역시 부정할 수 없다고 느껴집니다.

게다가 고양이가 죽은 원인이 '익사'였다는 것도 그냥 지나칠 수
없습니다. 소세키가 깊이 생각해서 나온 착상이라고 느끼지 않을
수 없습니다. 왜냐하면 소세키 내면에서 '물과 죽음'은 종종 이어

소세키의 아버지 나쓰메 고헤나오카쓰夏目小兵衛直克(1817~97년)와 어머니 치에ちえ(1826~81년).

져 있었기 때문입니다. 소세키는 셰익스피어의 『햄릿』에서 죽은 미녀 오필리아가 조각배에 실려 흘러가는 장면을 즐겨 읽었고 그 것을 자신의 소설 『풀베개』에서도 제재로 사용합니다.

어째서 소세키가 '물과 죽음'을 연결시켜 생각했는지, 그 하나 의 원인으로 볼 수 있는 것은 자신이 가르치던 제자의 자살사건입 니다. 『나는 고양이로소이다』를 집필하기 2년 전, 소세키가 제일 고등학교에서 영어를 가르치고 있을 당시 후지무라 미사오藤村操란 학생이 닛코日光의 게곤폭포華厳の滝에 몸을 던지고 자살한 사건이 발생합니다.

사건은 당시 사회적으로 큰 반향을 일으켰습니다. 유서는 발견 되었으나 자살의 원인은 명확히 밝혀지지 않았고 여러 사람들에

게 큰 영향을 끼쳤습니다(염세관에 의한 엘리트 학생의 죽음은 입신출세를 미덕으로 삼아온 당시 사회에 커다란 영향을 끼쳐 뒤를 따르는 자가 속출함—역자 주). 영문학 파악 방식에 대해 후지무라 미사오를 질책한 적이 있던 소세키도 계속 신경을 쓰고 있었던 것 같습니다. 그런 만큼 이 사건은 소세키에게 자기도 물에 빠져 죽어버리고 싶다는 마음을 불러일으키게 하는 원인이었을지도 모릅니다.

어쨌든 이 작품에서는 소세키의 정신적 위기가 느껴집니다. 그런 위기는 그저 유머러스하고 즐거운 작품을 쓴다는 것만으로는 결코 해소되지 못했던 것입니다. 실제로 소세키의 딸은 당시의 아버지가 심한 노이로제 상태였으며 자녀들조차 가까이 다가오지 않도록 했었다고 회상하고 있습니다.

주변에서 봐도 알 수 있을 정도로 심각한 상태였던 소세키이지만, 역으로 말하자면 소세키의 경우 문학적인 재능이 그 위기로부터 어떻게든 구제해주었다는 말이 될 것입니다. 그런 소세키의 작품에는 두려움과 유머러스가 통주저음通奏低音(17, 8세기 바로크 음악에서 건반 악기의 연주자가 주어진 저음 외에 부분적인 즉흥연주로 화음을 곁들이면서 반주 성부를 완성시키던 반주체계-역자 주)처럼 흐르고 있는 것입니다.

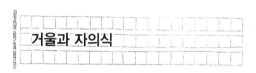

거울과 자의식

소세키의 탁월한 점은 자신의 정신적 위기를 개인의 문제로 응시했을 뿐 아니라 그것을 시대적 질병으로서 파악하고 사회비평과 연결시켰다는 사실입니다.

런던 시절의 일기에 소세키는 'self-consciousness의 결과는 신경쇠약을 낳는다. 신경쇠약은 20세기가 공유하는 질병이다'라고 적었습니다. self-consciousness를 번역하면 '자의식'이나 '자아'라는 말이 될 것입니다. 아침부터 저녁까지 '나란 무엇일까'라고 스스로에게 너무 집착하여 노이로제에 빠져버리는 것은 자기 자신뿐만 아니라 이 시대가 겪고 있는 질병이라는 말입니다. 자의식과잉, 현대적 용어로 말하자면, 소세키는 성인이 되어도 여전히 이른바 '중2병(사춘기에 흔히 겪는 심리 상태를 빗댄 용어-편집자 주)'이었던 것일지도 모릅니다.

소세키는 자기를 비춰내는 거울을 소설 안에서 효과적으로 사용하여 '자의식'을 표현하고 있습니다. 『풀베개』나 『그 후』에도 거울이 나온 장면은 등장하는데 『나는 고양이로소이다』에서는 소세키의 분신인 구샤미가 항상 거울을 엿보는 버릇을 가진 인물로 표현되고 있습니다.

구샤미가 거울을 의식하는 직접적인 이유는 곰보 자국이 있었기 때문입니다. 한편 소세키도 어린 시절 천연두에 걸렸던 탓에 얼굴에 곰보 자국이 남아 있어서 무척 신경 쓰였던 모양입니다. 고양이가 관찰한, 거울을 들여다보는 구샤미의 모습은 다음과 같이 표현되고 있습니다.

> 이런 사정도 모르는 주인은 하나밖에 없는 거울을 아주 열심히 들여다보고 있다. (중략) 잠시 후 주인은 '역시 볼품없는 얼굴이군'이라고 혼자 중얼거렸다. 자신이 추하다고 고백하다니 제법 존경할 만한 일이다. 꼬락서니만 보면 분명 미치광이임에 틀림없지만 하는 말은 진리다. (중략) '역시 볼품없는 얼굴이군' 하고 말하더니 무슨 생각이 떠올랐는지, 볼에 공기를 잔뜩 넣어 부풀렸다. 그렇게 부풀린 볼을 손바닥으로 두세 번 두드렸다. (중략) 이처럼 있는 힘껏 숨을 들이쉬어 볼을 부풀린 그는 앞에서 말한 대로 손바닥으로 볼을 두드리면서 다시 혼잣말을 했다. '이 정도로 피부가 팽팽해지면 곰보 자국도 눈에 띄지 않을 텐데.'

곰보 자국이 신경 쓰이는 구샤미는 거울 앞에서 자신의 얼굴을 응시하며 곰보 자국이 눈에 띄지 않도록 볼을 부풀려보거나 하고 있습니다. 거울과 구샤미가 서로 노려보는 장면은 계속 이어지며 옆을 향하거나 얼굴의 이곳저곳을 당겨보거나 메롱을 해보거나 수염을 비틀어보거나 하며 당최 거울 앞에서 벗어나려 하지 않습니다. 이러고 보면 곰보 자국뿐만 아니라 거울 안에 나타난 자신을 무척이나 의식하고 있는 것처럼 여겨집니다.

구샤미의 행동이 비정상이라고 느껴질 수 있지만, 생각해보면 오늘 아침 일어난 후 단 한 번도 거울을 들여다보지 않은 사람이 과연 있을까요. 오늘은 표정이 지쳐 있다거나 여드름이 늘어났다거나 머리 모양이 마음에 들지 않는다거나 하며 거울을 보고 모두들 뭔가를 느끼고 있을 터입니다. 거울은 자기의 모습을 가시화해주는 장치인 것입니다.

다른 장면에서는 구샤미 자신이 현대인과 거울에 대해 다음과 같이 말하고 있기도 합니다.

> 자각심이란 것은 문명의 진화에 따라 하루하루 민감해져 가기 때문에 결국에는 일거수일투족도 자연스럽게 할 수 없게 된다. 헨리라는 사람이 스티븐슨에 대해 말하며, 그는 거울이 걸린 방으로 들어와 거울 앞을 지날 때마다 자신을 비춰보지 않으면 마음이 홀가분해지지 않을 정도로 아주 잠시라도 자기를 잊는 일이 불가능한 사람이다, 라고 평했던 것은 오늘날의 추세를 아주 잘 나타내고 있다.

자신이 어떤 사람인지 너무나 신경 쓰이기 때문에 단 한순간도 마음이 놓이지 않아 자기도 모르게 거울을 힐끔거리게 되는데, 이런 현상을 문명의 병이라고 말하고 있는 것입니다. 런던 시절의

소세키의 일기를 돌이켜보면 그것은 소세키 자신의 실감이기도
했었겠지요.

모두가 병든 시대

소세키나 구샤미가 말하는 것이 진실이라면 그들만이 특이한
것이 아니라 많든 적든 모두가 병들어 있다는 말이 됩니다.
『나는 고양이로소이다』에는 다음과 같은 기술이 보입니다.

사회는 어쩌면 미치광이들이 모여 있는 곳인지도 모르겠
다. 미치광이들이 모여 맹렬히 싸우고 서로 으르렁거리고 욕
을 퍼붓고 빼앗고, 그 전체가 집단적으로 세포처럼 무너졌다
가 다시 솟아나고 솟아났다가 다시 무너지며 살아가는 곳을
사회라고 하는지도 모르겠다. 그중에서 다소 이치를 알고 분
별이 있는 놈은 오히려 방해가 되니 정신병원을 만들어 가둬
둔 채 나가지 못하게 하는 것이 아닐까. 그렇다면 정신병원에
갇혀 있는 자는 보통 시민이고 병원 밖에서 날뛰고 있는 자가
오히려 미치광이다. 미치광이도 고립되어 있으면 미치광이
취급을 받지만 단체가 되어 세력이 생기면 정상적인 인간이
되어버릴지도 모른다. 심한 미치광이가 돈과 권력을 남용하
여 대다수 경미한 미치광이들에게 난동을 부리게 하고, 자신
은 사람들로부터 훌륭한 사내라는 말을 듣는 예가 적지 않다.

'미치광이'란 단어는 요즘 일본에서는 차별용어란 이유로 사용되지 않지만, 여기서는 정신의 병을 가리키고 있다고 생각됩니다. 소세키는 '정상적'이라 생각되는 사람들이 실은 모두 정신병을 앓고 있으며 오히려 사회로부터 '미치광이'라고 치부되는 사람들이야말로 정상적인 이야기를 하고 있을지 모른다고 말하고 있습니다. 현대인의 깊숙한 내면을 살펴보면 모두 광기로 이어지고 있다는 말입니다.

또한 이 기술은 문헌학적 고증은 확실치 않지만, 미국 작가 에드거 앨런 포Edgar Allan Poe(1809~49년)에게 영향을 받은 것인지도 모릅니다. 바탕이 된 것은 단편소설『타르 박사와 페더 교수의 광인 치료법The System of Doctor Tarr and Professor Fether』으로 어느 폭풍우 치던 날, 어떤 사람의 안내를 받아 한 정신병원에 도착한 주인공이 유명한 치료법을 시행하고 있다는 원장을 만나 환자에 대한 설명을 듣게 되는데, 마지막에 가서 사실은 원장이야말로 정신적인 병을 앓고 있다는 것이 밝혀진다는 이야기입니다.

흥분한 군중

『나는 고양이로소이다』에서는 때때로 시사적인 화제가 다루어지고 있는데 그중 '히비야日比谷 방화사건'이 등장하는 장면이 있습니다. 그것은 구샤미 집에 옆집 중학교 학생들이 공을 던지는 '사건'이 일어났다는 대목입니다. 고양이는 이 사건에 대해 코멘트를 하는 와중에 애당초 일반적으로 '사건'이라는 것이 왜 일어나는지, 해설을 시작합니다.

고양이의 말에 따르면 "사건은 대체로 이성을 잃고 화를 내는 것에서 발생한다. 이를 나타내는 말은 '거꾸로 선다逆上(앞뒤 가리지 않고 욱한다는 뜻의 일본어-편집자 주)'이며 글자 그대로 거꾸로 올라간다는 의미다"라는 게 됩니다. 박식한 고양이는 서양에서 옛날부터 전해져 온, 인간의 체액과 성격과의 관계를 설파한 논조를 들면서 현대에서는 인간의 혈액이 거꾸로 올라가 흥분이 발생된다고 언급하고 있습니다.

그런데 이 혈액의 분량은 개인에 따라 제각각 정해져 있다. 성격에 따라 다소의 차이는 있지만 우선 대체로 한 사람당 다섯 되 다섯 홉의 비율이다. 그러므로 이 다섯 되 다섯 홉이 거꾸로 오르면 오른 부위는 열이 올라 활동하지만 그 외의 국부는 결핍을 느껴 차가워진다. 마침 파출소 화재 당시 순사가 죄다 경찰서에 모여 동네에는 한명도 없게 된 것과 비슷하다. 그것도 의학적으로 진단하면 경찰이 '거꾸로 선다'란 것이 될 것이다.

이 '경찰 방화사건'은 1905년에 발생한 히비야 방화사건을 가리키고 있습니다. 이 사건은 그야말로 『나는 고양이로소이다』 연재 중 실시간으로 발생한 사건이었습니다.

그 무렵 일본은 러시아와 전쟁을 치루고 있었습니다. 러일전쟁입니다. 일본은 많은 희생자와 막대한 전쟁 경비를 치루면서도 마침내 러시아에게 승리하여 강화조약을 체결하게 되었습니다. 그러나 그만치의 희생을 치루면서도 일본은 러시아로부터 배상금을 받을 수 없었습니다. 그 사실에 격노한 민중들이 폭도로 변해 장관(대신) 관저나 신문사, 파출소 등을 습격한 것이 히비야 방화사건입니다.

위에서 고양이는 순사들의 움직임을 '거꾸로 선다'고 표현하고 있는데 폭도로 변하여 방화를 저지른 민중들 역시 '흥분'했다고 소세키는 판단했던 것이겠지요. 흥분은 이른바 일시적인 광기를 일으키는 현상입니다.

소세키는 시대적 질병으로 개개인의 자의식의 비대에 주목하고 있었지만 그와 동시에 집단적으로 일어나는 이런 흥분 상태에도 관심을 가지고 있었습니다. 인간은 개개인을 한 사람씩 살펴가면 한없이 깊어 거기에는 올바른 정신과 광기가 혼재되어 있습니다. 한편 집단 흥분은 폭력적인 군중(이것을 mob라고 부릅니다)을 발생시킵니다. 이 역시 소세키 표현을 빌리자면 이른바 사회적 질병인 것입니다. 이 시대는 일본 역사상 최초로 mob가 탄생한 시대라고 말할 수 있겠지요.

『나는 고양이로소이다』의 다른 부분에서 구샤미는 자신이 직접 만든 명문으로 '야마토다마시!大和魂(일본 고유의 정신이란 뜻으로 제국주의 당시 강조된 관념-역자 주)라고 외치며 일본인이 폐병에 걸린 듯 기침을 한다'라는 문구를 사람들 앞에 내보입니다. 이것은 청일전쟁, 러일전쟁 등 대외전쟁으로 내달려 승리하는 당시의 일본에서 내셔널리즘이 고양되어가는 모습을 야유한 문구라고 생각됩니다. 러일전쟁 당시 이런 글을 태연히 썼다는 것은 소세키가 상당히 도전

적이고 대담했다고 말하지 않을 수 없습니다.

작가이자 평론가인 마쓰야마 이와오松山巖 씨가 저서『군중—기계 속의 난민群衆—機械の中の難民』(주코 문고中公文庫, 2009년)에서 지적했듯이 내셔널리즘이란 것 역시 위로부터 억지로 강요되어 발상하는 것이 아니라 형태가 없는 군중 안에서 고양된다는 사실을 소세키는 간파하고 있었을 겁니다. 개인의 정신 상태나 사회의 왜곡된 집단적 무의식이 일거에 분출하여 방화나 내셔널리즘의 발동 같은 결과를 낳는 것입니다.

오늘날 이러한 군중의 '흥분'은 이른바 '악플 쇄도'에서 보이는 것처럼 인터넷상에서도 일어나고 있습니다. 그런 측면에서 소세키의 지적은 현대에도 의미심장한 것으로 생각됩니다.

『나는 고양이로소이다』에는 소세키의 다면성이 나타나고 있다는 것을 이해하셨나요. 유머 뒤에 숨어 있는 사회에 대한 날카로운 비판이나 봐서는 안 될 것을 봐버린 두려움이 감춰져 있습니다. 때로는 왜 이런 이야기를 썼는지 의문스럽게 생각되거나 모순에 차 있는 것처럼 느껴지는 경우도 있습니다.

그러나 문학이란 그 자체에서 해답을 구하는 것이 아닙니다. 문학은 독자들에게 수수께끼를 내는 것입니다. 어째서 이런 이야기를 쓰는지, 어떠한 의도가 있는지를 생각함으로써 다양하고 풍요로운 해석이 가능해집니다. 다양성을 가진 소세키는 실로 그러한 작가라고 말할 수 있겠지요. 단순히 유머러스한 작가도 아니며 경박한 사회비평가도 아닙니다. 동일본대지진으로 부조리함을 통렬히 느낄 수밖에 없는 우리들의 사회에서 소세키의 의미는 더더욱 깊어지고 있다고 생각합니다.

소세키는 신비한 것을 좋아한다?

　문호인 소세키의 작품에 비해 소세키의『문학론』은 그다지 알려져 있지 않습니다. 아마도 이론이 많고 어렵기 때문이겠지요. 실제로 소세키의 전임자인 고이즈미 야쿠모(패트릭 래프카디오 헌)의 이해하기 쉬운 강의에 비해 제국대학에서의 소세키의 영문학 강의는 학생들 사이에서 평판이 그리 좋지 못했던 모양입니다. 이에 대해서는 앞서 본문에서도 언급했던 바입니다.

　학생들의 이러한 이미지를 통해서도 미루어 짐작할 수 있듯이 소세키는 무엇보다도 이지적인 사람, 두뇌명석한 지적인 인물이라는 인상이 떠나지 않고 있습니다. 하지만 만약 그랬다면 소세키의 작품이 이토록이나 사람들의 마음을 사로잡는 일은 없었을 것입니다. 소세키에게는 이지나 지성뿐만 아니라 그것으로는 도저히 납득되지 않는, 오히려 정반대라고 생각되는 신비적인 것, '이 세상의 것이 아닌 것', 꿈이나 환상이나 로망, 괴기, 혹은 인간의 운명을 움켜쥔 초인간적인 힘에 대한 강한 취향이 있습니다.

　이 책에서는 다루고 있지 않지만, 예를 들어 작가로서 데뷔한 초기 작품 중에는 꿈인지 생시인지, 속세를 떠나 환상의 세계를 헤매는 스토리가 많습니다. 연애가 유전된다거나 전장의 남편 앞에 고향에 남겨둔 사경을 헤매고 있는 아내가 나타난다거나, 심지어 아더왕 전설을 빙자한 로망이나 망상, 광기 등, 일반적으로 도저히 있을 수 없다고 치부해버릴 만한 줄거리로 구성되어 있습니다.

현실 세계에서는 있을 수 없을 것 같지만 기실은 그것이 현실 세계를 살아가는 인간들을 움직이고 있다는, 그런 불가사의한 감각이 소세키의 내면 깊숙이 숨 쉬고 있는 듯합니다. 그런 감각은 소세키의 출생에서 유래한 것인지, 정신적인 병에 근본 원인이 있는지, 애당초 우리들의 이지나 지성에 한계가 있다는 사실을 체념적으로 받아들이면서 분명 인간이 도저히 파악할 수 없는 세계가 존재한다고 믿고 있었는지, 확실히 단정할 수는 없습니다. 하지만 소세키가 '이 세상의 것이 아닌 것'에 매료되었던 것만은 틀림없는 사실인 것 같습니다.

아무리 생각해도 신비롭기만 한 소세키의 내면세계에 대해 알고 싶다면 짧은 작품이지만 『꿈 열흘밤夢十夜』을 한번 읽어보시길 바랍니다. 어쨌든 이성으로는 도저히 납득할 수 없는 신비하고 '이 세상의 것이 아닌 것'이 인간의 운명에 깊은 음영을 더하고 있다는 것은, 인간들이 하나의 수수께끼이며 동시에 세상 역시 수수께끼로 가득 차 있다는 것을 의미하고 있습니다. 실로 그것을 묘사하는 것이 문학이라고 소세키는 생각하고 있었던 게 아닐까요. 소세키 문학의 저변이 무한히 깊고 풍요로운 이유는, 인간이란 아무리 파헤

소세키가 하시구치 미쓰구에게 보낸 엽서. 근황을 보고한 후 마지막 한 문장에 '이것은 아사가오朝顔의 유령이다'라고 되어 있다.

62

쳐도 모든 걸 다 밝혀낼 수 없는 수수께끼의 존재라고, 소세키가 생각하고 있었기 때문일지도 모릅니다.

우리들도 소세키를 안내자 삼아 그 수수께끼에 다가가 보고 싶군요. 같은 작품이라도 세월이 흘러 다시금 읽어보면 마치 다른 작품인 것처럼 착각할 정도로 새로운 발견을 할 수 있을지 모릅니다. 인생의 연륜을 더해갈 때마다 인생이란 수수께끼를 풀어가는 것이 점점 흥미로워지면서 틀림없이 소세키에게 더더욱 깊이 빠져들 것입니다.

『산시로』, 『그 후』, 『문』을 읽다

～인간은 어떻게 변하는가～

소세키가 그린 동백 그림.

전기 3부작

　이번 장에서는 『산시로』, 『그 후』, 『문』이라는 세 작품을 읽어가도록 하겠습니다. 『나는 고양이로소이다』와 달리 다소 진지하고 심각한 작품이지만, 동서고금의 명구가 곳곳에 빛났던 『나는 고양이로소이다』보다 현대의 우리들에게는 읽기 쉬운 작품이라고 말할 수 있겠습니다.

　『나는 고양이로소이다』는 소세키가 아직 도쿄제국대학에서 교편을 잡고 있을 당시의 작품이지만, 『산시로』가 쓰일 때 이미 소세키는 직업작가가 되어 있었습니다. 『나는 고양이로소이다』에 이어 『도련님』, 『태풍』을 잡지 『호토토기스』에 발표한 후 소세키는 1907년(메이지 40년), 교직을 그만두고 아사히신문사에 작가로 입사했습니다. 이후 아사히신문에 소설을 연재하게 됩니다. 『산시로』는 아사히신문으로 옮기고 나서 2년째의 작품입니다. 다음 해에는 『그 후』, 그 다음 해에 『문』이 완성됩니다.

　이 세 작품은 소세키의 '전기 3부작'이라 불리고 있습니다. 애당초 연속작을 염두에 두고 쓴 것들은 아니었지만 자연스럽게 상황이 이어져서 스토리라는 측면에서도 연속된 작품처럼 읽을 수 있습니다. 각각의 주인공은 『산시로』가 23세의 '산시로', 『그 후』는 30세가 안 된 '다이스케代助', 그리고 『문』은 30대의 '소스케宗助'입니다. 참고로 후기 3부작은 『춘분 지나고까지彼岸過迄』, 『행인行人』, 『마음こころ』입니다. 이쪽엔 전기 3부작만큼의 연속성이 보이지 않습니다.

전기 3부작은 독자도 그 연령에 따라 호불호가 있을 수 있는 작품입니다. 제 경우 '들어가며'에서도 말씀드린 것처럼 『산시로』는 제 자신과의 공통점이 많았기 때문에 충격적이었고 각별한 마음도 여전히 강한 편입니다. 하지만 역시 나이가 들어가면서 『그 후』를 좋아했던 시대가 있었고 현재는 『문』이 가장 좋다고 느끼고 있습니다. 3부작의 어느 작품을 좋아하는지에 따라 자신의 성숙도를 가늠해볼 수 있을지도 모릅니다.

어쨌든 이 전기 3부작은 세트로 읽어야 할 작품이라 생각하고 있습니다. 그만큼 이 세 작품에는 공통된 특징이 많습니다.

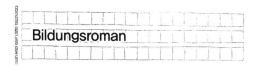

여러분은 'Bildungsroman'이란 말을 들어본 적이 있는지요. 일본어로는 '교양소설'이라 번역되는 경우가 많지만 저는 이 번역어를 그다지 좋아하지 않습니다.

전형적인 'Bildungsroman'으로서는 문호 괴테가 쓴 『빌헬름 마이스터의 수업 시대』(1796년)나 토마스 만의 『마의 산』(1924년)이 유명합니다.

'Bildungs'이란 독일어로 '(자기)형성', '도야'란 의미이며, 'roman'이란 '소설'에 해당합니다. '(자기)형성'이란 독일 계몽주의에서 태어난 개념입니다.

계몽주의란 17세기 후반 영국에서 시작된 사상으로 중세 암흑 시대를 거쳐 인간의 이성의 빛에 의해 세계의 법칙을 인식하고자 하는 사고방식입니다. 영국에서 태어난 계몽주의는 이윽고 프랑스로 전해지고 절대왕정을 비판하는 데 이용되어 프랑스 혁명의 원동력이 되기도 했습니다.

당시 독일은 유럽에서 후진국 입장에 있었습니다. 중세부터 많은 '영방領邦(중세 이후 근세 초까지 독일에서 왕권의 약체화에 따라 지방의 영주가 주권을 행사하던 지방 국가—역자 주)'으로 나뉘어 근대적 국가로서의 규합이 지체되었던 것입니다. 그런 독일에서도 18세기에 들어와 계몽주의가 전해지면서 점차 지식계급으로부터 시민에게로 보급되어갔습니다. 그 과정에서 개개인이 자기를 형성해가는 것의 중요성이 거론되었습니다.

그런 시점에 발표된 것이 괴테의 장편소설 『빌헬름 마이스터의 수업 시대』입니다. 이 작품은 독일인들에게 열광적인 지지를 받았을 뿐만 아니라 유럽에서도 널리 읽혔습니다. 번민을 안고 있던 젊은 주인공인 빌헬름 마이스터가 극단과 함께 여행을 하는 과정에서 여러 사람들과 만나 인간적으로 성장해간다는 이야기입니다.

'빌헬름 마이스터'의 설명이 길어져 버렸네요. 제가 이 이야기를 꺼낸 이유는 전문가들에게는 부정될지도 모를 다소 과감한 의견이겠지만 소세키의 전기 3부작은 일종의 'Bildungsroman'으로 파악할 수 있지 않을까 생각했기 때문입니다.

물론 소세키가 이런 독일 소설을 염두에 두고 전기 3부작을 쓰지는 않았을 겁니다. 또한 독일의 'Bildungsroman'은 자기형성

소설 혹은 도야소설 등으로 번역되기도 하는 것처럼, 주인공이 자신을 연마하고 '바람직한 모습'으로 성장해가는 스토리입니다. 여러 가지 경험을 거치며 사회 속에서 자신의 아이덴티티를 발견하고 인생을 맛보고 보다 더 높은 단계로 이를 수 있어야 하는 소설입니다.

그에 비해 소세키 작품 속에 나오는 주인공들은 이야기 속에서 '바람직한 모습'으로 성장하거나 완성된다고 단언할 수 없습니다. 그런 의미에서 엄밀하게는 'Bildungsroman'에 해당되지 않겠지요.

하지만 한 인간이 어떤 환경 속에 내던져졌을 때 그 안에서 어떻게 부대끼며 변해가는지 묘사하고 있다는 의미에서 이 3부작은 역시 'Bildungsroman' 수법의 일종이라고 말할 수 있지 않을까요.

그럼 우선 세 작품의 대략적인 줄거리를 더듬어가면서 주인공들이 제각각 어떤 환경에 놓여 있고 어떻게 변해갔는지를 살펴보도록 합시다.

산시로의 경우
──열차를 타고 문명 세계로

'들어가며'에서도 소개한 바 있듯이 『산시로』의 주인공은 규슈 시골 출신의 청년입니다. '오가와 산시로'라는 매우 단순한 이름이 상징하고 있는 것처럼, 순진하고 단순한 인물이자 평범한 사람입니다. 작품 첫 부분에 세는 나이로 23세라고 되어 있지만 현대적인 감각으로는 조금 더 젊게 느껴질지도 모릅니다.

후쿠오카福岡 출신으로 구마모토 제5고등학교에 다니던 산시로에게는 고향에 어머니가 있었고 그 어머니가 결혼상대로 기대하는 어린 시절부터 가깝게 지냈던 오미쓰お光가 있었습니다. 이것이 산시로의 '첫 번째 세계'입니다. 이야기는 산시로가 대학에 입학하기 위해 상경하는 대목에서 시작됩니다. 그야말로 청운의 뜻을 품고 세상으로 나아가는 청년입니다.

산시로는 이 '첫 번째 세계'로부터 문명 세계로 기차를 타고 왔습니다. 이것은 그가 체험하는 커다란 환경의 변화입니다.

소세키의 작품에서 '기차'란 종종 근대문명의 상징으로 묘사되고 있습니다. 예를 들어 『풀베개』에서는 다음과 같이 묘사합니다.

결국 현실세계로 다시 되돌아올 수밖에 없었다. 기차가 보이는 곳을 현실세계라고 한다. 기차만큼 20세기 문명을 대표하는 것은 없을 터이다. 수백 명이나 되는 인간들을 같은 상자에 집어넣고 요란하게 지나간다. 인정사정없다. 가차 없이 집어넣어진 인간들은 모두 비슷한 정도의 속력으로 동일한 정거장에 멈춘다. 그렇게 같은 모습으로 증기의 은혜를 입지 않으면 안 된다. 사람들은 기차를 탄다고 말한다. 나는 집어넣어진다고 말한다. 사람은 기차로 간다고 말한다. 나는 운반당한다고 말한다. 기차만큼 개성을 경멸하는 것은 없을 것이다. 문명은 가능한 모든 수단을 동원해 개성을 발달시킨 후 가능한 모든 방법으로 이 개성을 무참히 짓밟는다. (중략) 나는 기차가 맹렬히, 마구잡이로, 모든 인간들을 마치 화물로 간주하며 달리는 모습을 볼 때마다 객차 안에 갇혀 있는 개인과 개인들의 개성에 눈곱만큼의 주의조차 기울이지 않는 이 철로 된 기차를 비교해본다. 위험하다, 참으로 위험하다. 조심하지 않으면 위험하다고 생각한다. 현대 문명은 이런 위험천만이 그 냄새가 코를 찌를 정도로 충만해 있다. 눈앞이 캄캄할 정도로 맹렬히 움직이는 기차는 위험천만한 표본 중 하나다.

소세키가 유학한 영국은 증기기관이 탄생한 나라였기 때문에 당연히 기차가 매우 발달해 있었습니다. 소세키가 일본을 떠날 무렵 일본에도 철도는 존재했지만 아직 마루노우치丸の內(도쿄 역 주변 지역-역자 주)가 허허벌판인 시절이었습니다. 아마도 런던 기차의 발달된 모습은 실로 서양 근대문명의 상징으로 소세키의 눈에는 비춰졌을 것입니다.

그러나 문명사회의 상징인 기차를 소세키가 예찬했는가 하면 결코 그렇지 않습니다. '기차만큼 개성을 경멸하는 것은 없을 것이다'라는 표현을 통해서도 미루어 짐작할 수 있듯이 소세키는 기차를 통해 문명사회에 대한 경종을 울리고 있습니다.

산시로는 이런 근대문명의 운반수단을 이용하여 새로운 세계, 도쿄로 향합니다. 기차 안에서 산시로는 두 사람의 인물을 만나 빠르게 새로운 세계의 세례를 받게 됩니다.

첫 번째 사람은 중년의 수염 난 사내입니다. 그는 산시로에게 그때까지 들어본 적이 없는, 현대문명의 위태로움에 대해 언급합니다. 또 한 사람은 '들어가며'에서 소개했듯이 나고야에서 우연히 같은 숙소에서 지내게 된 여성입니다. 두려워서 감히 손을 대지 못했던 동정의 산시로는 그녀에게 '배짱이 없다'라는 말을 듣고 놀랍니다.

두 가지 세계

이 두 사건은 산시로가 도쿄에서 만나게 되는 두 가지 세계의 전조라고 할 수 있습니다. 두 가지 세계란 아카데미즘(학술) 세계와 아름다운 여성들의 세계입니다. 산시로는 이것을 고향의 '첫 번째 세계'에 이어 각각 '제2의 세계', '제3의 세계'라고 말하고 있습니다.

산시로는 도쿄에서 대학에 입학했기 때문에 아카데미즘에 접하는 것은 당연하다고 생각됩니다. 하지만 산시로가 자각하는 진정한 지성은 대학 수업으로 얻게 된 것이 아니었습니다. 산시로는 우연히 알게 된 선과選科(규정된 학과의 일부만을 골라 배우는 과정. 본과에 준하는 과정으로 일본의 제국대학에서는 본과의 결원을 메우는 형태로 모집이 행해짐—역자 주)의 학생인 사사키 요지로佐々木与次郎와 그를 통해 알게 된 사람들에 의해 진정한 학문 세계를 알게 됩니다. 그중 가장 중요한 인물이 사사키가 서생으로 하숙하고 있는 집의 주인인 히로타広田 선생님입니다.

히로타 선생님은 산시로가 상경하는 기차 안에서 우연히 만났던 바로 그 수염 난 사내였습니다. 히로타 선생님은 대학의 선생님이 아니라 제일고등학교 교사였기 때문에 직접 학교에서 배울 수 있는 분은 아니었지만 산시로를 새로운 세계로 이끄는 멘토(조연자) 역할을 합니다. 또한 산시로의 동향 선배로 일찍이 히로타 선생님의 서생이었던 이학자 노노미야野々宮도 산시로에게 큰 영향을 끼칩니다.

한편 산시로는 시골에서는 볼 수 없었던 세련되고 아름다운 여성과 만나게 됩니다. 히로타 선생님의 친구의 여동생으로 도회적인 미네코美禰子입니다. 산시로는 자유분방한 그녀에게 완전히 농락당해버립니다.

이야기는 첫 번째 세계를 나온 산시로가 도쿄에서 제2의 세계, 제3의 세계를 접하고 부대끼고 엄청난 자극을 받고 방황하고 흔들리는 모습을 묘사해갑니다. 아직 젊은 나이라 경험이 없고 순수한 산시로는 그런 새로운 세계 속에서 발버둥 쳐보지만 이야기는 산시로가 생각지도 못했던 결말로 향합니다. 산뜻하게 시작되어 괴롭게 끝나는, 그야말로 너무나도 전형적인 청춘소설 같은 분위기입니다.

다이스케의 경우
—— 죽은 것 같은 남자

그에 비해 『그 후』의 다이스케에게는 애초부터 굴절된 분위기가 감돌고 있습니다. 그는 시골뜨기 산시로와 달리 도쿄의 유서 깊은 가문 출신입니다. 게다가 부친이 사업에 성공하여 본가는 엄청난 부자였으며 다이스케 자신도 종종 로쿠메이칸鹿鳴館(국빈이나 외교관을 접대하기 위한 사교장으로 메이지 정부에 의해 건설됨. 극단적인 서구화정책의 상징적

존재-역자 주) 비슷한 세계에 들락거리고 있었습니다. 그는 제국대학 출신임에도 불구하고 고정적인 일자리를 가지지 않는 '고등유민'으로 본가에서 나와 서생이나 하녀를 둔 채 혼자서 지내고 있습니다. 박봉을 견디며 일하는『나는 고양이로소이다』의 구샤미 같은 사람들과 달리, 한 달에 한 번, 본가에 고액의 생활비를 타러 가는, 진정한 의미의 명실상부한 패러사이트(영어로 기생충을 의미하는 'Parasite'에서 유래된 말로 임시직에 종사하면서 납세나 생계 부양의 의무를 부모에게 의지하는 이들을 일본에서는 패러사이트 족이라 함-역자 주)입니다.

심지어 시세이도資生堂(일본의 대표적인 화장품 회사-역자 주)의 향수를 뿌리고 고가의 서양 서적을 읽는 등 사치스럽게 지내고 있습니다. 그러면서 매우 예민하고 항상 거울을 들여다보거나 자신의 심장 고동을 확인하는 버릇을 가지고 있습니다. 틈만 나면 타인과 사회에 대해 논리적인 불평만 늘어놓고 부모나 타인이 취직이나 결혼을 하지 않는 것에 대해 설교하면 듣는 둥 마는 둥 태연히 한 귀로 흘려버립니다.

그는 이른바 죽은 것 같은 사내입니다. 작품 속에 나온 단어로 말하면 'nil admirari의 영역에 이르러버렸다'라는 게 됩니다. nil admirari란 라틴어로 어떤 것에도 놀라지 않고 무감동한 것을 말합니다. 그러나 다이스케의 나이는 아직 20대 후반, 세는 나이로 30세가 막 되려는 참입니다. 죽은 것 같은 사람이 되기에는 너무 빠른 연령입니다.

그렇다면 왜 그는 죽은 사람처럼 되어버렸을까요. 그리고 그를 바꿀 환경의 변화란 도대체 무엇일까요. 그것은 둘 다 연애였습니다.

두뇌에서 육체로

그에게는 대학 시절 스가누마菅沼와 히라오카平岡란 친구가 있었습니다. 스가누마는 고향에서 여동생 미치요三千代를 불러서 함께 지내고 있었습니다. 다이스케, 히라오카, 스가누마와 미치요는 넷이서 함께 산책을 하거나 사이좋게 교류하고 있었는데, 어느 날 스가누마가 병으로 죽어버립니다. 그리고 1년 후 다이스케가 히라오카와 미치요 사이를 맺어주어 두 사람을 결혼시킵니다. 스가누마가 살아 있을 무렵, 미치요와 다이스케는 차마 입 밖으로 드러내지는 않았지만 어떤 감정을 주고받았습니다. 그럼에도 불구하고 다이스케는 '의협심' 때문에 친구인 히라오카에게 미치요를 양보해버리는 것입니다.

『그 후』는 그 3년 후부터 시작됩니다. 결혼한 히라오카는 간사이 지방(오사카나 교토를 중심으로 한 지역-역자 주)의 은행에 취직하여 미치요와 함께 지냈는데 어떤 사정으로 일을 그만두게 되어 취직 활동을 위해 미치요와 함께 도쿄로 돌아옵니다. 멈춰져 있던 다이스케의 시간은 바로 그 시점에서 다시 움직이기 시작하는 것입니다.

오랜만에 만난 미치요는 행복해 보이지 않았습니다. 히라오카는 좀처럼 취직자리가 정해지지 않았으며 주사도 심해졌습니다. 돈에 쪼들리던 미치요를 도와주기 위해 몇 번인가 만나는 사이에 다이스케는 자신이 미치요를 사랑하고 있다는 사실을 자각하기에 이릅니다. 그때까지 말만 앞서고 이치를 따지는 경향이 강했던 다이스케는 연애를 통해 인간다운 생기가 돌아오는 것입니다.

다이스케는 미치요와의 사랑을 끝까지 포기하지 않겠다고 결심합니다. 그러나 그것은 사회적으로 허락되는 행위가 아닙니다. 미치요와의 사랑을 관철한다는 것은, 부자지간의 연을 끊게 되며 패러사이트적인 생활과도 결별해야만 한다는 것을 의미했습니다. 여태까지 여러 가지 구실을 대며 일하지 않고 지내던 '두뇌의 인간'이 연애라는 자연스러운 마음에 따라 살아가면서 비지땀을 흘리며 일할 수밖에 없게 되는 것입니다.

『그 후』의 마지막 장면은 잘 알려져 있습니다. 서생에게 '잠깐 일자리를 알아보고 오겠다'고 말하고 집을 뛰쳐나간 후 다이스케는 전차를 탑니다. 그런 다이스케의 눈에는 세상이 새빨갛게 보입니다.

나중에는 세상이 온통 새빨개졌다. 그리고 다이스케의 머릿속을 중심으로 뱅글뱅글 불길을 내뿜으며 회전했다. 다이스케는 머릿속이 다 타버릴 때까지 계속 전차를 타고 가겠노라고 결심했다.

그때까지의 인생에서 전락하여 어쩌면 미쳐버리기 직전의 파멸적인 상황으로 생각되는 정신 상태를 묘사하며 이 작품은 끝나고 있습니다. 한편 다이스케는 너무나도 가혹한 현실세계를 받아들이며 미치요와 함께 걸어가고자 결의를 한 것이 됩니다.

이 작품의 앞머리는 꿈인지 생시인지 구분이 안 가는, 마치 다이스케의 생활을 상징하는 듯한 꿈의 장면에서 시작되고 있습니다. 이 라스트 신과는 실로 대조적입니다. 꿈에서 현실로, 두뇌에서 육체로, 이것이 다이스케에게 찾아온 변화였습니다.

소스케의 경우

　마지막으로 『문』의 소스케입니다. 이미 30세가 지난 소스케는 오요네御米라는 아내와 살고 있습니다. 소스케와 오요네는 소스케가 친구인 야스이安井에게서 오요네를 빼앗는 형태로 맺어졌습니다. 이른바 다이스케와 미치요의 그 후의 모습입니다.

　책의 첫머리부터 소스케에게는 불안이 항상 맴돌고 있습니다. 그 근저에는 야스이에 대한 죄책감이 있습니다. 그것을 상징하듯 오요네는 사산이나 조산을 반복하여 두 사람 사이에는 아직 아이가 없습니다. 그것을 소스케는 자신들이 저지른 죄에 대한 벌인 것처럼 느끼고 있습니다.

　소세키에게는 '인과'라는 의식이 강하게 있어서 여러 작품 속에 그 단어가 등장합니다. '인과'란 불교 어휘로 뭔가 원인이 있기 때문에 결과가 발생한다는 것을 나타내고 있습니다. 원인과 결과의 관계는 합리적인 사고로는 이해되지 않는 경우도 있습니다. 칼럼 1에서 본 것처럼 소세키는 불합리하고 신비적인, 이성으로는 이해할 수 없는 일들을 의식하고 있었습니다. 소스케는 자신들에게 아이가 생기지 않는 것도 자신이 야스이에게서 오요네를 빼앗은 '인과'라고 생각하고 있는 것입니다.

소스케와 오요네 부부는 두 사람 다 그런 죄의식이나 불안을 안고 있으면서도 평온한 부부애를 느끼며 절벽 아래에 있는, 누군가에게 빌린 작은 집에서 '산중에 있다는 마음을 품고 도회지에 살고 있다'라는 표현처럼 소박하고 조용히 지내고 있습니다.

그러나 그런 소스케에게도 역시 환경의 변화가 찾아옵니다. 절벽 위에 있는 집주인 일가와 우연한 일이 계기가 되어 교류하기 시작한 것이었습니다. 몇 번인가 집주인의 집을 방문하게 되어 친해지다가 어떤 인물과 만나보지 않겠느냐는 집주인의 권유를 듣게 됩니다. 만주에서 사업을 하고 있는 집주인의 남동생이 공동사업자와 함께 마침 일본에 돌아와 있기 때문에 꼭 소개하고 싶다는 것이었습니다. 그 공동사업자의 이름은 야스이라고 했습니다. 소스케는 오요네를 빼앗긴 야스이가 대학을 그만두고 이윽고 만주에 건너갔다는 이야기를 들은 적이 있었습니다.

이 집주인의 이야기가 계기가 되어 소스케가 가지고 있던 막연한 불안감은 구체적인 공포로 바뀝니다. 소스케는 그것을 오요네에게 고하지 않습니다. 그리고 그 공포를 해소하기 위해 가마쿠라鎌倉로 좌선을 하러 갑니다. 10일간의 참선이었으나 소스케는 마음의 평온으로 이어지는 해답을 찾을 수 없었습니다.

참선을 마치고 집주인의 집을 방문하자 남동생과 야스이는 이미 만주로 돌아갔다고 합니다. 소스케는 또다시 이런 불안감이 자신들을 엄습할 거라 생각하면서도 툇마루에서 햇볕을 쏘이며 부부간의 평온한 대화를 나눕니다. 이렇게 다소간의 마음의 안정을 묘사하며 이야기는 끝을 맺습니다.

우정과 사랑

　세 작품의 주인공들은 전형적인 'Bildungsroman'과 달리 올바른 발전 단계를 걷고 있는 것은 아닙니다. 성장이라고는 표현할 수 없거나 혹은 파멸적인 정신 상태로 내몰립니다. 그러나 제각각이 환경의 변화에 따라 적응해갑니다. 세 사람 모두 결코 위인은 아니지만 그렇기 때문에 더더욱 그들이 발버둥치고 변화해가는 모습은 우리들에게 리얼하게 느껴집니다.

　한편 'Bildungsroman'의 2대 요소로 우정과 사랑이 있습니다. 그것은 괴테의 『빌헬름 마이스터의 수업 시대』나 토마스 만의 『마의 산』에서도 공통적으로 발견되는 요소라고 할 수 있겠습니다. 예를 들어 『빌헬름 마이스터의 수업 시대』에서 주인공인 빌헬름은 여러 여성들과 사랑에 빠지지만 이야기의 종반에서는 운명의 장난에 의해 테레지에란 여성을 사이에 두고 경애하는 벗 로타리오와 겨루는 처지에 놓입니다.

　소세키의 전기 3부작에서도 우정과 사랑은 일관된 테마로 존재하고 있습니다. 그리고 어느 작품에서도 그것은 주인공이 친구의 아내, 혹은 연인과 간통(올바르지 않은 사랑)을 한다는 형태를 취합니다. 이것이 전기 3부작의 또 하나의 공통점입니다.

　이미 살펴본 것처럼 『그 후』에서는 다이스케가 친구인 히라오카에게서 아내인 미치요를 빼앗을 때까지가 그려지고 있습니다. 그리고 『문』에서는 소스케가 과거에 친구인 야스이에게서 오요네를 빼앗은 것 때문에 죄의식이나 공포에 괴로워하는 모습이 묘사되고 있습니다. 우정과 사랑, 그리고 간통이 이 두 작품의 공통된 테마라는 것은 명백하다고 할 수 있겠지요.

그러나 『산시로』에서 '간통'은 없지 않을까 생각하시는 분도 있을 것입니다. 분명 젊고 순박한 산시로는 결혼은커녕 연애마저도 아직 경험이 없는 것 같습니다. 그러나 거기에는 '간통에 준하는 것'이 잠재되어 있습니다.

산시로를 농락하는 적극적인 미네코는 노노미야와 연애관계를 가지려고 해서 산시로는 두 사람 사이에도 신경을 쓰고 있습니다. 어느 날 산시로는 미네코의 권유로 히로타 선생님, 노노미야, 요시코와 국화꽃으로 장식한 인형을 구경하러 외출합니다. 한참 구경하고 있을 때 미네코는 홀로 일행에서 벗어나 버리고 그녀를 쫓아간 산시로와 단둘이 있게 됩니다. 노노미야를 내버려 두고 단둘이 되어버렸기 때문에, 너무 지나친 표현일지도 모르지만, 이것은 '간통에 준하는 것'으로 파악될 수 있다고 저는 보고 있습니다. 물론 『산시로』에서는 그런 테마가 아직 심화되고 있지 않습니다.

또한 소세키는 영국의 중세 기사 이야기를 즐겨 읽었습니다. 중세 기사 이야기란 기사가 왕의 아내인 왕비를 사랑하여 그녀를 위해 싸우는 이야기이기 때문에 간통 이야기이기도 합니다. 소세키의 소설에 간통이 많은 것은 중세 기사 이야기의 영향도 있을지 모릅니다.

소세키의 에로스와 터부

소세키의 소설에서는 이처럼 연애, 그것도 간통이라는 아슬아슬한 테마가 그려지고 있음에도 불구하고 남녀의 에로틱한 장면은 일절 나오지 않습니다. 저도 젊었을 때는 어쩐지 자극이 부족한 것처럼 생각되었는데 나이를 먹어가면서 오히려 매우 계산된 에로스의 장치가 삽입되어 있다는 사실을 깨달았습니다.

소세키의 작품에는 꽃이 상징적으로 사용되는 장면이 많이 있습니다. 특히 많이 사용되고 있는 것은 향기가 강한 백합꽃입니다. 『그 후』에서는 미치요가 옛날 두 사람의 추억의 꽃인 백합을 사 와서 코를 꽃잎 가까이까지 갖다 대고 그 향기를 깊이 들이마시는 장면이 있습니다. 다이스케는 그 광경을 보고 격하게 동요합니다. 마치 육체적으로 격하게 흔들리는 다이스케의 모습을 상징하는 것처럼 생각됩니다.

『그 후』에서 또 하나 중요한 것은 동백꽃입니다. 동백은 『풀베개』에서도 몇 번이나 상징적으로 사용되는데, 『그 후』에서는 맨 앞부분 장면에 등장합니다. 다이스케는 꿈에서 깨어나자 베개 머리맡에 겹동백 한 송이가 떨어져 있다는 사실을 눈치챕니다. 그후 심장의 고동소리를 확인하고 신문을 읽고 난 후 담배 연기를 '동백꽃잎과 꽃술에 얽히어 맴돌 정도로' 강하게 내뿜고 나서 욕실로 들어갑니다. 동백꽃을 둘러싼 이런 에로틱한 묘사는 분명 이제부터 시작될 이야기에서 미치요와 육체적인 관계를 맺을 것을 예견하고 있는 듯합니다.

소세키에게 연애란 언뜻 보면 플라토닉한 것으로도 생각되지만 꽃에 대한 이런 은유를 보면 꼭 그렇지도 않다는 사실을 엿볼 수 있습니다.

소세키의 소설에서 사랑을 한층 고양시키고 광기에 휩싸이게 만드는 것은 간통이라는 터부입니다. 넘어서는 안 될 선이 있기 때문에 더더욱 넘어버리고 싶어집니다. 아마 여러분도 조금은 그런 기분을 이해하실 수 있으리라 생각합니다.

다이스케는 옛날부터 미치요를 좋아했던 모양이지만, 진정으로 사랑하고 있었는지를 생각해보면 꼭 그렇지만도 않은 것 같습니다. 미치요는 히라오카의 아내가 되면서 다이스케에게 '결코 사랑해서는 안 될 사람'이 되었습니다. 그렇기 때문에 더더욱 다이스케는 미치요를 깊이 사랑하게 되어버렸던 것입니다. 아마도 다이스케에게는 사랑해서는 안 될 사람을 사랑하고 있다는, 바로 그런 사실이야말로 의미가 있습니다. 좀 더 살펴본다면 굳이 일단 한번 친구에게 양보함으로써 미치요에 대한 사랑을 깊게 하고 있다고도 읽을 수 있습니다.

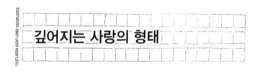

깊어지는 사랑의 형태

그리하여 격한 결단 끝에 맺어진 다이스케와 미치요의 수년 후의 모습이라고도 말할 수 있는 것이 『문』의 소스케와 오요네입니

82

다. 저는 고등학교 1학년 때 처음으로 『문』을 읽었는데, 그 당시에는 어찌 이리도 암담한 러브스토리가 있나 하는 생각에 제대로 읽어 내려갈 수가 없었습니다. 그러나 나이를 먹은 지금은 마치 다 타버린 잿더미 속에 숨어 있는 불씨 같은 사랑을 서로 확인하는 두 사람의 관계에서 간절한 깊이를 느낍니다. 똑같이 간통이란 테마를 다루면서 『산시로』, 『그 후』, 『문』 모두 그 사랑은 보다 깊어져 가고 있는 것처럼 느껴지는 것입니다.

앞서 말씀드린 것처럼 오요네는 사산이나 조산을 반복하며 결국 아이를 얻을 수 없었습니다. 소세키의 아내였던 교코 역시 최초의 임신에서는 유산을 합니다. 그 다음 무사히 맏딸 후데코가 태어났을 때는 출산 내내 상당히 보살핀 것 같습니다. 후데코 출산이 무척 기뻤는지 '순조롭게도 해삼 같은 아이가 태어났노라'라는 하이쿠도 남기고 있습니다. 그런 일도 있어서인지 오요네의 사산이나 조산에 대한 묘사는 상세하고 리얼하게 느껴집니다.

그런 두 사람이 함께 조용히 지내는 『문』은 소세키의 작품에서는 보기 드물게 부부애가 묘사되고 있습니다. 그것은 터부인 일본 가부장제도를 부숴버린 것에 대한 패널티, 벌을 받고 있는 가운데 조용히 함께하는 사랑입니다. 마조히즘적인 사랑이라고 해도 좋겠지요. 함께하고 있기 때문에 고독하다고도 말할 수 있고 고독하기 때문에 함께한다고도 말할 수 있는 사랑의 모습입니다.

툇마루로 나가 앉아 길게 자란 손톱을 자르며 오요네와 이야기를 나누는 라스트 신은 매우 의미심장한 장면입니다. 설령 세간으로부터 소외되었다 해도 두 사람이 서로 사랑하고 있다는 것이 느껴지기 때문입니다.

주인공의 실존적 불안

그러나 그러한 부부애 속에 있으면서도 소스케는 첫 부분부터 마지막까지 불안감을 안고 있습니다. 그런 불안을 해소하고자 가마쿠라에 있는 절에 가서 참선한다는 것이 이 소설의 메인 에피소드입니다. 그는 고승이 던진 '부모미생이전본래면목父母未生以前本來面目(불교에서 깨달음을 얻기 위한 화두 중 하나로 부모조차도 태어나기 이전 자기의 본 모습은 무엇인가 하는 질문-역자 주)은 무엇인고?'하는 화두(물음)에 답할 수 없었습니다. 이에 대한 답변이 무엇이었는지에 대해서는 다음 장에서 다룰 『마음』과 함께 생각해보고자 합니다.

주인공이 안고 있는 이런 불안감이 전기 3부작에 공통적으로 보이는 세 번째 특징입니다. '나는 누구인가' 하는 불안, 즉 '실존적 불안'을 안고 있다는 말입니다. 『나는 고양이로소이다』의 구샤미도 비슷한 불안, 시대적 질병에 대해 언급하고 있는데 유머러스한 『나는 고양이로소이다』와 달리 심각하고 진지한 이 3부작에서는 보다 그 그림자가 진하게 묘사되고 있습니다.

『나는 고양이로소이다』에서 지적한 것처럼 실존적인 불안을 나타내기 위해 소세키는 이러한 작품 속에서도 거울을 상징적으로 이용하고 있습니다.

『문』의 이발소 장면을 읽어봅시다. 소스케는 연말, 신년을 맞이하기 위해 머리를 자르러 갑니다. 이 장면에서는 아직 야스이의 그림자가 명확하게 드러나지 않지만, 몸이 약한 오요네가 병상에

누워 있다 가까스로 회복했는데 소스케는 언제 또 다시 오요네가 죽을 위험에 빠지지는 않을까 하는 막연한 불안감을 느끼고 있습니다.

마침내 자기 차례가 오자 그는 차가운 거울 속에 비친 자신의 모습을 발견했을 때 문득 이 모습의 정체는 무엇일까 하고 바라보았다. 목부터 아래는 새하얀 천으로 싸여 있고 자신이 입고 있는 기모노의 색깔도 줄무늬도 전혀 보이지 않았다. 그때 그는 이발소 사장이 기르는 작은 새의 새장이 거울 저편에 비치고 있다는 사실을 알아차렸다. 새가 작은 나무 위에서 언뜻언뜻 움직였다.

여기에는 분명 '나는 누구인가'란 질문이 나타나 있습니다. 그러나 소스케는 그 질문에 대해 대답할 수 없었습니다. 마치 스스로가 자기가 아닌 것처럼 보였기 때문입니다. 대신 눈에 들어오는 것이 새장 안에 갇혀 있는 새였습니다. 마치 그 새는 불안감에 휩싸여 있는 소스케 자신을 나타내고 있는 것처럼 생각됩니다. 거울에 비친 자신의 진실된 모습은 새장 속의 새라는 말이 됩니다.

『그 후』에서는 어떨까요?

뜨거운 물속에 조용히 몸을 담그고 있던 다이스케는 무심코 오른손을 왼쪽 가슴 위로 갖다 댔고, 심장이 뛰는 소리를 두세 번 듣자마자 갑자기 베버를 떠올리고는 곧바로 욕조에서 나왔다. 그리고 몸을 씻는 곳에 앉아 가부좌를 튼 채 멍하니 자신의 발을 응시하고 있었다. 그러자 그 발이 이상하게 보이기 시작했다. 아무래도 자신의 몸통에서 뻗어 나온 것이 아니라 자신과는 전혀 무관하게 그 자리에 제멋대로 놓여 있는 느낌이었다. 그런 생각이 들자 여태껏 의식하지 못했는데 이제 보니 차마 눈 뜨고는 볼 수 없을 정도로 추해 보였다. 제멋대로 여기저기에 자란 털 사이로 푸른 힘줄이 무성하게 뻗어 있어서 너무나도 희한한 동물 같았다.

다이스케는 다시 욕조로 들어가며 히라오카의 말을 떠올려 본다. 히라오카의 말처럼 너무 한가하기 때문에 이런 생각까지 하는 게 아닐까. 물속에서 나와 거울에 자신의 모습을 비추어 보았을 때 역시 히라오카의 말이 떠올랐다. 폭이 두꺼운 서양 면도기로 턱과 뺨의 수염을 깎기 시작하자 거울 속에서 번뜩거리는 날카로운 칼날의 빛깔이 왠지 근질근질한 기분을 불러일으켰다. 이런 느낌이 심해지면 높은 탑 위에서 아득한 아래를 내려다볼 때와 비슷할 거라고 생각하며 가까스로 면도를 끝마쳤다.

다이스케가 떠올린 베버란 독일의 생리학자 에른스트 하인리히 베버Ernst Heinrich Weber(1795~1878년)를 말합니다. 다이스케는 베버가 스스로 심장 고동을 컨트롤했다는 이야기를 듣고 자기도 그렇게 할 수 있지 않을까 싶어 몇 번인가 시도했던 적이 있습니다.

다이스케는 소설의 첫 부분에서도 동백꽃이 나오는 꿈에서 깬 후 즉시 심장의 고동소리를 확인했었습니다. 평소에도 자신의 심장 고동소리, 이른바 자신의 생존 증거에 대해 이상하리만큼 민감한 의식을 가지고 있는 인물입니다. 그래서 베버처럼 시도해보았더니 정말로 할 수 있을 것 같아 두려워져서 그만두었다고 하지만, 욕조에 들어가 다시금 그 일에 대해 떠올리는 것입니다.

자신이 살아 있다는 증거인 심장의 고동, 자신의 이성과는 무관하게 자신을 살아가게 하는 심장의 고동마저 스스로 컨트롤할 수 있다는 것은 두려운 이야기입니다.

심장이 이상해지자 이번에는 자신의 다리마저 이상하게 보이기 시작합니다. 두뇌의 인간인 다이스케는 자신의 육체가 자신의 것이 아닌 것 같은 생각이 들며 위화감을 느낍니다. 그리고 자신의 육체, 자기 자신을 확인하기 위해 거울을 보지 않고는 견딜 수 없습니다. 살아 있다는 감각을 분명히 가질 수 없는, 제국대학 출신의 인텔리의 모습을 발견할 수 있습니다.

산시로의 불안

한편 산시로는 어떨까요. 이제 막 시골에서 올라온 순박한 산시로에게는 다이스케나 소스케만큼 내성적인 면은 보이지 않으며 거울이 나오는 장면도 등장하지 않습니다. 그러나 『산시로』에 왜 이런 에피소드가 등장하는 걸까' 하는 생각을 하지 않을 수 없는, 참으로 오싹한 장면이 있습니다.

그것은 때마침 산시로가 노노미야 집안에서 빈집을 지키게 된 어느 밤의 일입니다. 노노미야 집안을 방문했더니 입원 중이던 노노미야의 여동생 요시코의 상태가 나빠졌다는 전보가 옵니다. 그리하여 노노미야는 병원으로 가게 되고 겁이 많은 하녀 때문에 산시로가 그 집에 머물게 되었던 것입니다. 그리고 그날 밤에 일어난 것이 전차에 치여 어떤 사람이 사망한 사고입니다.

"아아, 이제 조금만 더 있으면 된다."

그때 먼 곳에서 누군가가 이런 말을 하는 소리가 났다. 방향은 집 뒤편 같은데 멀리서 들렸기 때문에 확실하지는 않았다. 또한 소리를 듣고 방향을 가늠할 틈도 없이 소리가 사라져 버렸다. 하지만 산시로의 귀에는 분명 이 한 마디가, 모든 것으로부터 버림받은 사람이 그 누구에게도 답변을 기대하지 않고 내뱉은, 진정한 독백처럼 들렸다. 산시로는 어쩐지 무서운 기분이 들었다. 그 순간 다시 기적소리가 멀리서 울려 퍼졌다. 그 소리는 점차 이쪽으로 가까워지며 맹종죽 덤불 밑을 지날 때는 좀 전의 열차보다 배나 큰 굉음을 내며 지나쳐 갔다. 방바닥에 퍼지는 미세한 진동이 멈출 때까지 망연히 있던 산시로는 전광석화 같았던 조금 전 찰나의 탄식과 방금 지나간 열차의 울림을 일종의 인과처럼 연결시켰다. 그리고 벌떡 일어섰다. 그 인과는 두려워할 만한 것이었다.

즉시 산시로는 현장으로 달려가 열차에 의해 두 동강 난 시체의 얼굴을 봅니다. 이것은 실제 사건을 제재로 하고 있다는 것을 알 수 있습니다. 러일전쟁으로 남편이나 애인을 잃은 여성들이 열차로 뛰어들어 죽었다고들 합니다. 시사사건을 종종 소설 속에 집어넣는 소세키는 이 사건 역시 신문 사회면에서 발견했겠지요.

여하튼 실로 두렵고 생생한 장면입니다. 산시로도 자지러져 그 자리에서 발조차 뗄 수 없게 되었고 노노미야의 집으로 돌아온 후에도 좀처럼 두근거림이 멈추지 않습니다. 그리고 아까 봤던 여성의 얼굴이 떠오릅니다.

> 산시로의 눈앞에는 아까 보았던 여자의 얼굴이 생생히 떠오른다. 그 얼굴과 "아아, ……" 하던 힘없는 목소리와, 그 두 가지의 깊숙이 숨겨져 있을 잔혹한 운명을 서로 꿰맞추며 생각해보니, 인생이라는 그토록 탄탄해 보이던 목숨의 뿌리가 자기도 모르는 사이에 느슨해지며 언제라도 어둠 속으로 떠내려 가버릴 것 같다는 생각이 든다. 산시로는 이것저것 생각할 겨를도 없을 정도로 두려웠다. 그저 무서운 소리가 나던 딱 한순간이었다. 그 전까지는 틀림없이 살아 있었다.

의기양양하게 상경한 후 아직 얼마 지나지 않았던 젊은 산시로에게는 인생이란 '탄탄해 보이던 목숨의 뿌리' 같았을 것입니다. 그랬었는데 열차 사고를 바로 곁에서 경험한 후 비로소 '언제라도 어둠 속으로 떠내려 가버릴 것 같다는 생각'이 든 것입니다. 문명의 상징인 열차에 깔려 죽었기 때문에 거기에는 결국 산시로에게 엄습한 문명에 대한 불안이 담겨져 있었던 것일지도 모릅니다.

산시로는 얼마 후 노노미야로부터 '누이 무사. 내일 아침 돌아감'이란 전보를 받은 후 잠자리에 듭니다.

안심하고 잠자리에 들었지만 산시로의 꿈은 엄청나게 위험했다. ──전차에 뛰어든 여자는 노노미야와 관계있는 여자로 노노미야는 그 사고를 알고 집에 돌아오지 않았다. 다만 산시로를 안심시키기 위해 전보만 쳤다. 누이가 무사하다는 전보는 거짓으로 오늘 밤 그 여자가 열차에 치여 죽은 같은 시각에 누이도 죽어버렸다. 그리고 그 누이는 바로 산시로가 연못가에서 만난 여자다. ……

이튿날 아침 산시로는 여느 때와 달리 일찍 일어났다.

밤에 뒤척이던 잠자리를 바라보며 담배 한 대를 피우는데 어젯밤 일들이 모두 꿈만 같았다. 툇마루로 나가 낮은 차양 너머로 펼쳐진 하늘을 올려다보니 참으로 좋은 날씨였다. 세상이 지금 막 맑게 갠 빛을 띠고 있다.

커다란 불안에 직면한 산시로는 불길한 꿈을 꿉니다. 그러나 다음 날 아침은 말짱히 개어 있습니다. 요컨대 이것은 산시로가 꿈을 통해 공포를 해소할 수 있었다는 것을 나타내고 있습니다.

그런 의미에서 산시로는 아직 실존적인 불안을 엿보기 전 단계에 서 있습니다. 그러나 그 전조는 느껴집니다. 산시로의 세계를 심화시켜가면 이윽고 다이스케, 소스케가 될 것이 예상됩니다.

문명비판과 시사문제

세 작품의 마지막 공통점으로 문명비판과 시사문제에 대해 살펴보겠습니다. 소세키의 소설은 결코 정치소설, 사회소설은 아니지만, 연애 양상을 묘사한 작품 속에서도 시대적 풍경을 똑똑히 그려내고 있습니다.

산시로는 상경하는 기차 안에서 수염 난 사내(실은 히로타 선생님)를 만났습니다. 다시금 그 장면으로 돌아갑시다. 하마마쓰浜松 역에서 서양인 부부를 발견하고 산시로가 그 아름다움에 넋을 놓고 있자 히로타 선생님은 산시로에게 자신의 감상을 말합니다.

"서양인은 참 아름다워"라고 말했다.

산시로는 특별히 대답할 말이 생각나지 않아 그저 가볍게 대답하고 웃었다. 그러나 수염 난 사내는 "우린 서로 참 가련하군" 하며 말을 꺼냈다. 그리고 말을 이었다.

"이런 얼굴을 하고 이렇게 허약해서야 제 아무리 러일전쟁에서 이겨 일등국가가 되었다 한들 무슨 소용이 있겠나. 더욱이 건물을 봐도 정원을 봐도 하나같이 다 우리네 얼굴과 상응하는 모습이란 말이지, ──자네 도쿄가 처음이라면 아직 후지 산을 본 적이 없겠군. 곧 보일 테니까 잘 봐두게. 그거야말로 일본 제일의 명물이지. 그밖에 자랑할 만한 것은 하나도 없지. 하지만 그런 후지 산조차 옛날부터 있던 천연적인 자연이란 게 문제야. 우리가 만들어낸 게 아니니까."

사내는 이렇게 말하고 다시 빙긋 웃었다. 산시로는 러일전쟁 이후 이런 사람을 만나게 되리라고는 꿈에도 생각지 못했다. 아무래도 일본인이 아닌 것 같다.

"하지만 앞으로는 일본도 점점 발전해가겠지요."

산시로가 이렇게 변호하자 사내는 천연덕스럽게 말한다.

"망하겠지."

아마 구마모토에서 이런 말을 입에 담았다면 당장 몰매를 맞았을 것이다. 잘못하면 국적國賊 취급을 당할 것이다. 산시로는 머릿속 어디에도 그런 사상을 집어넣을 여유가 없는 분위기에서 성장했다. 그래서 혹시나 자신이 어리다고 우롱하는 게 아닐까 하는 생각도 스쳐 지나갔다. 사내는 아까처럼 여전히 미소 짓고 있다. 그런데도 그의 말투는 여전히 차분하다. 도저히 가늠할 수 없어서 상대하는 것을 관두고 입을 다물어버렸다. 그러자 사내는 이렇게 말한다.

"도쿄는 구마모토보다 넓지. 도쿄보다는 일본이 넓고. 일본보다……."

사내는 여기서 잠깐 말을 끊었다가 산시로의 얼굴을 본다. 산시로가 귀를 기울이고 있는 것을 보더니 말을 이었다.

"일본보다는 머릿속이 더 넓을 거야. 갇히면 안 되지. 아무리 일본을 위한다고 해도 편애가 지나치면 아니 도와준 것만도 못하니까. 도리어 민폐가 될 뿐."

이 말을 들었을 때 산시로는 진정으로 구마모토를 벗어났다는 걸 실감했다. 동시에 구마모토에 있었을 때의 자신이 굉

장히 겁이 많았다는 사실도 깨달았다.

아까도 언급했던 것처럼 히로타 선생님은 산시로에게 구마모토에서는 몰랐던 넓은 세계에 대해 안내하는 멘토입니다.

러일전쟁 승리 이후 일본이 더더욱 발전해서 서양을 따라잡을 거라 믿고 있던 산시로에게 일본의 발전 뒤에 숨겨진 위태로움을 지적한 히로타 선생님은 더할 나위 없이 신선한 존재였습니다. 히로타 선생님의 이런 지적은 이미 설명한 바와 같이 소세키 자신의 생각을 반영한 것으로 생각됩니다. 일본이 내셔널리즘에 들끓어오르는 가운데 '잘못하면 국적 취급을 받을' 사상을 소세키는 소설 안에서 당당히 언급하고 있는 것입니다.

『산시로』하면 미네코가 산시로에게 수수께끼를 내듯이 말하는 '길 잃은 어린 양STRAY SHEEP(신약성서 마태복음—역자 주)'이란 키워드가 유명합니다. 이것은 일반적으로 미네코가 산시로와 둘이서만 무리에서 벗어난 '길 잃은 어린 양'이 되고 싶다는 희망사항을 나타내고 있다고 간주됩니다.

그러나 이 단어도 근대 일본을 나타내는 키워드라고도 생각할 수 있습니다. 서양문명 안에서 일본은 사실 길 잃은 어린 양이 아닐까 하는 시점에서 읽어보는 것도 재미있지 않을까요?

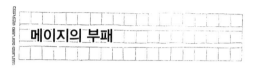

메이지의 부패

『그 후』에는 문명을 비판하는 내용이 특히 많이 보입니다. 예를 들어 히라오카에게 왜 일을 하지 않느냐는 질문을 받은 다이스케 는 이렇게 대답하고 있습니다.

왜 일을 하지 않느냐고? 물론 내 잘못은 아니야. 결국 세상 이 그렇게 만드는 거지. 좀 더 과장해서 말하자면 일본과 서 양과의 관계가 잘못 되었기 때문에 일하지 않는 거야. 우선 일본만큼이나 엄청난 빚을 지고 가난에 허덕이고 있는 나라 는 없을 거야. 자넨 그 빚을 언제 다 갚을 수 있다고 생각하 나? 그야 물론 외채 정도야 갚을 수 있겠지. 하지만 그것만이 빚이 아니거든. 일본은 서양에서 빚이라도 얻지 않는다면 도 저히 꾸려나갈 수 없는 나라야. 그러면서도 선진국이라 자처 하고 있지. 어떻게든 선진국 대열에 끼려고 애쓰고 있어. 그 러니 모든 방면에 걸쳐서 깊이보다는 폭만 확장해 마치 선진 국인양 사방으로 뻗쳐대고 있지. 어설프게 뻗쳐대니 더더욱 비참한 거야. 소와 경쟁을 하는 개구리처럼 이제 곧 배가 터 지고 말 테니까. 그 영향은 전부 우리들 개인에게 미치게 될 테니 두고 보게나. 이렇게 서양의 압박을 받고 있는 국민은 정신적으로 여유가 없으니 제대로 된 일을 할 수가 없어. 모 조리 바짝 줄인 교육을 받고 성장하여 엄청나게 혹사를 당하니 너나 할 것 없이 신경쇠약에 걸리게 되지. 한번 이야기를 시켜보게나. 대개는 바보일 테니. 자신의 일과 자신의 현재, 아니 눈앞의 일 외에는 도무지 아무 생각도 없어. 생각할 수 없을 정도로 피곤한 상태이니 어쩔 수 없긴 하지. 정신적인 피로와 신체적인 쇠약은 불행하게도 항상 붙어 다니는 법이니까. 그뿐만 아니라 도덕적으로도 타락해가고 있어. 일본의 어디를 둘러보아도 밝게 빛나고 있는 구석이라고는 단 한 군데도 없지 않은가? 온통 암흑이야. 그 속에 서서 나 혼자만이 뭐라고 한들, 그리고 무슨 일을 한들 도리가 없지 않은가.

일을 하지 않는 이유로서 적절한지 여부는 차치하고서라도 일본의 현 상황을 '온통 암흑'이라고 단칼에 베어버리는 다이스케의 분석은 실로 적확하다고 생각됩니다. 일등국인 체하고는 있지만 기실은 허영을 부리며 무리하고 있을 뿐이라는 지적은 아까의 히로타 선생님의 경종과도 일치하고 있습니다.

또한 사회에 대한 다이스케의 비판에서 제가 가장 마음에 든 부분은 메이지의 부패한 사회에 대해 지적하고 있는 다음 부분입니다. 다이스케는 미치요와 재회한 이래 도무지 마음을 가다듬을 수 없는 스스로를 느끼고 있었는데 그러던 차에 부친에게서 어떤 혼담을 강하게 권유받습니다. 그 혼담 상대는 아버지의 은인의 친척의 딸에 해당되는 사람입니다.

그런 어느 날 다이스케는 정원의 식물을 보고 음울한 기분에 빠집니다.

게다가 그는 현대 일본 사회의 특징이라 할 수 있는 일종의 불안감에 사로잡히기 시작했다. 그런 불안감은 사람들 사이에 서로 믿음이 없기 때문에 일어나는 야만에 가까운 현상이었다. 그는 이런 심적 현상 때문에 심한 동요를 느꼈다. 그는 신을 믿는 것을 탐탁해하지 않는 사람이었다. 또한 매우 이성적인 인간으로 신을 온전히 믿을 수 없는 기질의 사람이었다. 서로에 대해 신뢰를 가지고 있는 사람들은 굳이 신에게 의지할 필요가 없다고 믿고 있었다. 서로가 의심할 때의 괴로움에서 벗어나기 위해 신은 비로소 존재의 권리를 갖는다고 해석하고 있었다. 따라서 신이 존재하는 나라에서는 사람들이 거짓말을 일삼을 것이라고 단정했다. 하지만 지금의 일본은 신에 대한 신앙도 인간에 대한 믿음도 없는 나라라는 사실을 발견했다. 그리고 그는 그 가장 직접적인 원인이 경제사정에 있다고 결론지었다.

이 문장은 다소 어려울지도 모릅니다. 다이스케는 인간끼리 신뢰할 수 있는 나라에서는 신에 대한 신앙은 굳이 필요하지 않다고 생각하고 있지만 현대 일본은 신에 대한 신앙도 없거니와 인간에 대한 신뢰도 사라져 버렸다는 사실을 깨달았다는 것입니다. 그리고 그것은 돈이 얽혀 있기 때문이라고 생각합니다. 그 후 아버지에 대해 떠올립니다. 다이스케는 아버지를 신뢰하고 있지 않습니다.

다이스케의 아버지와 그 뒤를 이은 형은 정계와 굵은 파이프로 연결되어 있던 이른바 '정상政商(정치가와 결탁하거나 정권을 이용하여 개인적인 이익을 꾀하는 사람-역자 주)'입니다. 작품 안에서는 이 장면 앞에서 일본제당 사건을 다루고 있습니다. 일본제당 사건이란 일본제당주식회사라는 회사의 중역들이 자신들에게 유리한 법률을 연장시키려고 다수의 국회의원을 뇌물로 매수했다는 사실이 드러난 사건입니다. 이것도 연재 당시의 바로 전년에 일어난 거의 실시간 사건이었습니다.

소설 안에서 이 사건을 알게 된 다이스케는 자신의 아버지나 형도 크든 작든 이와 비슷한 짓을 저지르며 여기까지 올라왔을 거라고 느끼고 있었습니다. 그런 아버지가 권유하는 결혼이기 때문에 단순히 은인의 친척의 딸에 그치지 않고 이해관계가 있는 정략결혼일 것이라고 생각합니다. 다이스케에게는 미치요를 향한 마음만이 아니라 그러한 아버지의 방식에 대한 반발심이 있었기에 그 혼담을 수락할 마음이 들지 않는 것입니다.

이런 아버지나 형에 대한 반발은 다이스케가 차남이라는 사실에도 기인하고 있습니다. 아무리 부자라고 해도 다이스케가 어째서 이렇게 제멋대로 살아갈 수 있었느냐 하면 다이스케가 장남의 스페어이기 때문입니다. 장남인 형은 아마도 어린 시절부터 엄격히 훈육을 받으며 그 기대에 부응하여 실제로 아버지 사업을 이어받고 있습니다. 따라서 형이 있는 한 다이스케는 필요 없는 존재입니다.

그러나 만약 형에게 무슨 일이라도 생겼을 때에는 다이스케가 대신하여 후계자가 되지 않으면 안 됩니다. 그때를 대비해 아버지는 다이스케를 그냥 내버려 둔 채 자기 좋을 대로 살아가게 하고 있는 것입니다. 요컨대 다이스케의 존재에 대해서조차 손익 계산을 하고 있다고 느꼈던 것이겠지요.

그런 입장에 있는 다이스케이기 때문에 아버지나 형에게 반발하며 메이지 사회에 날카로운 비판을 가하는 것도 수긍이 갑니다.

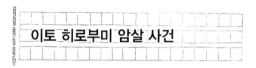

이토 히로부미 암살 사건

『문』의 소스케는 죄의식을 느끼며 조용히 지내고 있기 때문에 언뜻 보면 시사문제나 문명비판과는 인연이 없는 것처럼 생각됩니다. 그러나 소세키는 어떤 생활 안에서도 사회문제가 영향을 끼치고 있다는 사실을 작품 속에서 그려나가고 있습니다.

『문』에 등장하는 시사문제로서는 우선 이토 히로부미伊藤博文 암살사건을 들 수 있습니다.

소스케는 5, 6일 전 이토 공 암살에 관한 호외 보도를 발견했을 때 오요네가 일하고 있는 부엌에까지 와서 "이봐 큰일났어, 이토 씨가 살해당했어"라고 말하고는 손에 든 호외지를 오요네의 앞치마 위에 올려 놓고 곧바로 서재에 들어갔다. 하지만 그 말투는 오히려 차분해 보였다.

"여보, 큰일났다고 말하면서 조금도 큰일났다는 목소리가 아니잖아요."

오요네가 나중에 반쯤 농담 삼아 일부러 주의를 주었을 정도다. (중략)

"나 같은 가난한 월급쟁이는 살해당하면 싫겠지만 이토 씨

같은 사람은 하얼빈에 가서 살해당하는 편이 나은 거야."

소스케는 비로소 기세 오른 목소리로 말했다.

"어머나, 왜요?"

"왜라니, 이토 씨는 살해당하면 역사적으로 엄청난 위인이 될 수 있는 거지. 그냥 죽어봐 그렇게 되나."

이토 히로부미는 초대 총리대신으로 알려져 있지만 무려 네 번이나 수상직을 역임한 후 1905년(메이지 38년) 설치된 한국통감부의 초대통감이 됩니다. 이에 따라 일본은 한국의 실질적인 통치권을 장악하게 되는데 『문』이 연재된 전년, 1909년(메이지 42년) 7월 한국을 병합한다는 방침이 정해졌습니다. 그리고 같은 해 10월 러시아 재무대신과 만주와 한국 문제에 대해 이야기를 나누기 위해 방문한 하얼빈에서 한국인 청년 안중근에 의해 사살되는 것입니다.

실은 이 사건은 소세키에게 그저 신문을 통해 알게 된 머나먼 사건이 아니었습니다. 그도 그럴 것이 소세키는 이 사건 직전에 만주(이어 한국)를 방문했고 그때의 체험을 '만한 이곳저곳滿韓ところどころ'이라는 기행문 속에 잘 정리하고 있기 때문입니다.

만주는 현재의 중국 동북부에 해당하는 지방입니다. 근대에 이르러 중국과 러시아가 서로 세력을 겨루는 지역이 되었는데, 러일전쟁을 거쳐 철도 등 만주의 권익은 일본으로 넘어갑니다.

소세키를 만주로 초대한 사람은 학창 시절부터 친구였고 남만주철도 제2대 총재를 역임한 나카무라 요시코토中村是公였습니다. 나카무라는 이토 히로부미 사살 현장에서도 자리를 함께 하고 있었고 자신도 총알을 맞았습니다. 다행히 목숨은 건져 그 자리에서 이토의 구호 조치를 했다고 전해지고 있습니다.

이런 것들을 생각하면 이 사건에 대해 좀 더 당사자적인 생각이 작품에 반영되어 있어도 이상하지 않을 것 같은데, 작품 가운데 보이는 사건에 대한 소스케의 반응은 무척 냉정합니다. "여보, 큰일났다고 말하면서 조금도 큰일났다는 목소리가 아니잖아요"라고 오요네가 말할 정도입니다.

저는 여기에 소세키의 '메이지'란 시대에 대한 시각이 나타나 있다고 생각합니다. 그야말로 '메이지의 원로'인 이토 히로부미의 암살에 대해서도 감정적이 되지 않고 "하얼빈에 가서 살해당하는 편이 나은 거야"라고까지 말하고 있습니다. 시대와 거리를 두고 바깥에서 객관적으로 바라보려고 하고 있는 것입니다. '메이지'란 시대에 대한 소세키의 평가는 다음 장에서 상세히 생각해보겠습니다.

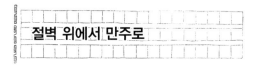

절벽 위에서 만주로

신문에서 알게 된 이토 히로부미 암살사건 같은 시사문제는 소스케와 오요네의 조용한 생활에 영향을 주지 않는 것 같지만, 그렇다고 그들이 시대적 흐름과 전혀 무관할 수는 없습니다.

소스케가 오요네와 지내고 있는 곳은 절벽 아래입니다. 그곳은 사람들의 눈에 띄지 않는 곳이지만, 죄의식을 느끼면서 서로에게 기대어 다정히 살아가는 두 사람에게는 적당한 장소로 생각됩니다. 그러나 집주인이 지내는 절벽 위의 세상과 이어지게 되는 것을 계기로 그 장소마저도 세간과 결코 무관할 수 없다는 사실을 느낄 수밖에 없게 됩니다.

절벽 위의 세계에는 소스케와 오요네가 얻을 수 없었던 것들이 있습니다. 간통사건을 일으키지 않았다면 무사히 대학을 졸업하고 어쩌면 얻을 수 있었을지도 모를 풍부한 재산, 그리고 행복한 아이들입니다.

소스케는 자신이 가지고 있지 않은 것들을 가진 그들과 교류하며 조금이나마 사회와 접하게 됩니다. 그런 소소한 만남들이 생각지도 못하게 일본을 뛰어넘어 만주로까지 이어지는 것입니다.

일본이 만주로 지배의 손길을 뻗치고 있었던 당시 새로운 사업을 시작하고자 했던 일본인들이 만주로 건너갔습니다. 그러한 사람들 중 한 사람이 집주인의 남동생이나 야스이였던 것입니다.

소스케에게 있어서, 그때까지 야스이가 살고 있다는 만주는 아득히 머나먼, 자신과는 아무 관련이 없는 존재였겠지요. 그러던 것이 조용히 살고 있는 서민의 바로 옆까지 성큼 다가온다는 시대적 흐름을 소세키는 의식적으로 묘사하기 시작합니다.

이번 장에서는 『산시로』, 『그 후』, 『문』이라는 전기 3부작을 하나의 세트로 소개했습니다. 공통된 테마를 가지면서도 주인공의 연령에 따라 서서히 테마가 심화되어가는 것을 이해할 수 있으셨는지요.

젊은 여러분들께서는 우선 『산시로』부터 시작하여 몇 번이고 거듭거듭 반복해서 읽으면서 자신이 받아들이는 방식이 어떠한 변화를 거치는지 음미해보시길 바랍니다.

소세키 취향의 여성은?

'여자는 무섭다.' 이런 본심을 고백하는 남성이 있다면 여성은 어떻게 생각할까요. '어쩜 이리도 심한 편견을 가졌을까, 그런 남자는 정말 싫어.' 분명 많은 여성들이 강한 반감을 느끼겠지요. 하지만 소세키 내면에 여성에 대한 그런 마음이 있었던 것은 틀림없다고 생각됩니다.

『산시로』의 여주인공인 미네코나 『그 후』의 미치요, 또한 『마음』의 아가씨 등, 본인에게 애당초 악의는 없었다고 해도 결과적으로 남성을 농락하고 그 운명의 수레바퀴를 뒤엉키게 만들어버리는 마성적인 본능 같은 것이 여성에게는 존재한다…… '살려주세요, 제발 살려주세요'라고 자기도 모르게 주문을 외우고 싶어지는 마음이 소세키 내면에 있었을지도 모릅니다.

소세키가 좋아했던 장 바티스트 그뢰즈Jean Baptiste Greuze 《소녀의 두부상頭部像》, 18세기 후반, 고혹적인 여성상.

그러나 동시에 그렇기 때문에 더더욱 여성에게 강하게 이끌려 버리는 이율배반적인 감정이 소세키의 내면을 강하게 지배하고 있었던 것 같습니다. 특히 소세키를 강하게 매료시켰던 것은 바로 '미인' 여성입니다. 미인이라 해도 대부분 담백하고 동양적인 이목구비의 여성이 아니라 오히려 서구적이고 살결이 하얗고 순진무구한 이목구비 안에 '창부' 같은 고혹적인 매력을 머금은 여성이라고 할까요.

요염하고 음란하지만 동시에 동정녀 같은 '가련함'을 자아내는 여성에게 소세키는 흠뻑 빠져들어 버리는 측면이 있었던 모양입니다. 예를 들어 『산시로』의 미네코가 그렇습니다. 그것을 소세키는 산시로로 하여금 '볼럽튜어스voluptuous!'라고 말하게 하고 있는데 그런 여성이야말로 소세키가 좋아했던 여성이었겠지요.

단 소세키는 거만하고 '가련함'을 느끼게 하지 않는 여성에게 강한 반감을 품고 있었던 것 같습니다. 아름다워도 가련하지 않은 여성, 예를 들어 『우미인초』의 후지오 같은 여성에게는 '죽어줘야만 한다'며 냉정합니다.

이렇게 살펴보면 소세키가 좋아하는 타입의 여성은 동양적인 유현幽玄이나 고담枯淡, 담백한 한시나 하이쿠의 세계와는 정반대의 서구적인 매력을 가진 여성으로, 하지만 어딘가에 동양적이라고 할까, 일본적이라고 할까, 음전함을 엿보이게 하는 여성, 이것이 소세키를 매료시킨 여성이었던 것은 아닐까요.

| 제3장 |
『마음』을 읽다
~후대로 이어지는 이야기~

이와나미서점이 판매촉진용으로 만든 포스터. 하시구
치 고요橋口五葉, 1915년.

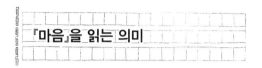

『마음』을 읽는 의미

　마지막 장에 해당되는 이번 장에서는 여러분들과 함께 『마음』을 읽어보고 싶습니다. 어째서 마지막으로 『마음』을 읽는가, 그것은 '고등학교 국어 교과서에 가장 많이 게재된 작품이기 때문에'가 결코 아닙니다.

　수년 전 '뇌의학'이 엄청난 붐을 일으켜 텔레비전에서도 자주 거론되며 수많은 관련 서적이 서점을 가득 메웠던 적이 있습니다. 뇌의 수수께끼만 알 수 있다면 인간은 모든 것을 알 수 있는 게 아니냐는 풍조 속에서 문학도 감정도 뇌의학으로 이해하자는 흐름이 있었습니다.

　그러나 한때의 그런 시기와 비교하면 '뇌의학'에 대한 화제는 많이 시들해진 것 같습니다. 그것은 시대가 '뇌'에서 '마음'으로 옮겨졌기 때문이라고 생각하고 있습니다. 거기에는 2011년 발생한 동일본대지진의 영향이 있었다고 생각됩니다.

　그런 시대 속에서 소세키의 『마음』은 다시금 읽어볼 만한 작품이지 않을까요. 특히 젊은 사람들이 계속 읽어주었으면 좋겠는데 어째서 그런 생각을 하는지, 이번에는 그 이유에 대해서도 언급해 보겠습니다.

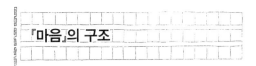
『마음』의 구조

　『마음』은 1914년(다이쇼 3년) 아사히신문에 연재된 작품입니다. 지금까지 살펴본 작품들과 달리 시대는 이미 다이쇼大正(1912~1926년)로 진입하고 있습니다. 이것이 나중에 중요해집니다.

　작품은 '상 선생님과 나', '중 부모님과 나', '하 선생님과 유서'의 3부로 나뉘어 있습니다. '상', '중'에서는 주인공인 '나'의 입을 통해 이야기가 전개되며 주로 '선생님'이라 불리는 인물과의 교류에 대해 묘사되고 있습니다. '중'의 마지막에서 '나'는 선생님으로부터 우편으로 유서를 받습니다. '하'는 선생님에게서 받은 유서의 내용이 그대로 게재되고 있습니다. 그 때문에 '하'는 내가 아니라

『마음』의 초판본. 이와나미서점에서 출판되어 장정도 소세키 자신이 직접 손을 댔다. 1914년.

'상'과 '중'에서 '선생님'이라 불리던 사람의 입을 통해 이야기가 전개됩니다.

이 작품에 대해서는 옛날부터 '명작名作'이라 부르는 사람이 있는가 하면 '미작迷作'이라 평가하는 사람도 있습니다(명작과 미작은 일본어에서는 동음이의어. 미작이란, 훌륭하진 않지만 그렇다고 보잘 것 없지도 않은, 주제가 애매한 작품을 뜻함–역자 주). 소세키 연구로도 알려진 작가 오오카 쇼헤이大岡昇平(1909~88년)도 이 작품에는 '무리가 있다'고 말하고 있습니다. 그 원인은 신문연재라는 형식에 있습니다. 3부로 나뉘어져 있는 가운데 '하'는 전체의 절반 이상을 차지하며 무척 분량이 많아지고 있습니다. 이 '유서'는 도저히 우편으로 배달될 수 있는 분량이 아니라고 지적하는 사람도 있습니다.

원래 '하'가 이 정도로 길어질 예정은 아니었던 것 같습니다. 실은 소세키 다음으로 아사히신문에 소설을 연재하기로 되어 있던 시가 나오야志賀直哉가 좀처럼 작품을 시작할 수 없어서 소세키가 시간을 벌기 위해 연재를 연장했다는 속사정이 있었다고도 합니다.

그러나 저는 설령 그렇다 해도 『마음』은 무척 잘 만들어진 작품이라고 생각합니다. 그 이유는 이 작품의 구성, 서술 형식에 있습니다. 비판도 있었던 '하 선생님과 유서'는 교과서에서도 이 부분이 채용되는 경우가 많고 일반인들에게도 그 내용이 잘 알려져 있습니다. 이 작품의 백미는 '하'라고 해도 좋을 것입니다. 또한 '하'는 '상', '중'과는 이야기의 서술자가 다르기 때문에 '하'뿐이었다면 『마음』은 선생님에 의한 일인칭 고백체 작품이 될 것입니다.

그러나 이 작품은 실제로는 '상 선생님과 나', '중 부모님과 나'라는 2부를 가지고 있습니다. '내'가 일인칭으로 말하는 '상', '중'

이 있다는 것에 저는 커다란 의미를 느끼고 있습니다. '나는 그분을 언제나 선생님이라 불렀다'라는 문장으로 시작되는 '상'에서는 주로 '나'와 선생님의 대화에 의해 이야기가 진행됩니다. '중'에서 '나'는 부친의 병환으로 귀향했기 때문에 선생님과의 대화는 없고 부모님과의 대화가 주로 묘사됩니다. 그리고 마지막으로 선생님으로부터 유서를 받습니다.

만약 '하'밖에 없었다면 선생님의 유서는 불특정한 사람들에게 보내진 것이 되는데 '상', '중'이 있기 때문에 '나'와 선생님의 관계가 명확해지고 '하'의 유서는 '나'에게 보내기 위해 작성된 것임을 이해할 수 있습니다. 따라서 『마음』이라는 작품 전체가 '나'와 선생님과의 대화라는 구조를 취하고 있다는 사실을 알 수 있습니다.

나아가 저는 이 작품이 '나'와 선생님, 둘만의 닫힌 관계로 끝나지 않는다고 생각합니다. 그것은 마지막에서 생각해보기로 하고 우선은 '나'와 선생님과의 관계에 대해 살펴보겠습니다.

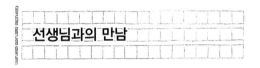

선생님과의 만남

앞서 말씀드린 것처럼 이 이야기는 '나는 그분을 언제나 선생님이라 불렀다'란 문장에서 시작되어 우선 선생님과의 만남에 대해 말하고 있습니다. 어느 해 여름, 학생이었던 '나'는 여름방학에 친구와 피서를 위해 찾아간 가마쿠라에서 선생님과 만나게 됩니다. 친구는 어머니의 병환 때문에 급히 귀향해버렸기 때문에 '나'는 혼자

지내게 됩니다. 그리고 해수욕장에서 선생님을 발견했던 것입니다.

선생님은 서양인과 이야기를 하고 있었기 때문에 눈에 금방 띄었습니다. 그뿐만 아니라 분명 인텔리 같은 분위기를 자아내고 있었겠지요. 어쨌든 선생님은 '나'의 눈에 머물렀고 '나'는 그러고 나서 며칠 동안 매일같이 해수욕장을 다니며 마치 스토커처럼 선생님을 관찰합니다. 그리고 며칠 만에 선생님과 이야기 나눌 기회를 얻어 가마쿠라에서 친하게 지낸 후 도쿄의 집을 방문할 약속을 합니다. 그 후 두 사람의 교류가 깊어집니다.

'나'는 가마쿠라에 오기 전 도쿄의 제일고등학교를 막 졸업한 참이었고 가마쿠라에서 돌아온 후 도쿄제국대학으로 진학합니다. 당시에는 가을부터 새로운 학기가 시작되었습니다. 당시의 고등학교는 지금의 대학 1, 2학년에 해당하기 때문에 선생님을 만났을 때 '나'는 이미 상당히 학문적인 세계를 접한 상태였고 많은 교수들을 만났다는 말이 됩니다. 하지만 진정으로 '선생님'이라 부를 만한 인물은 만나지 못했던 것이겠지요. 마치 산시로가 자신의 대학에 계시는 선생님이 아니라 제일고등학교에서 영어를 가르치는 히로타 선생님을 멘토로 발견했던 것처럼 '나'도 같은 제국대학 출신의 선생님을 인생의 스승으로 발견해냈던 것입니다.

한편 선생님도 '선생님'이라 불리는 것에 대해 부끄러워하는 모습을 보이면서도 서서히 받아들입니다. 선생님은 수수께끼에 둘러싸인 사람이었습니다. 또한 어딘가 가까이 다가가기 힘든 분위기를 자아내고 있었습니다. 하지만 '그러면서도 어떻게든 가까워져야겠다는 의지가 가슴속 어디선가 강하게 발동했다'고 '나'는 말하고 있습니다. 그리고 때때로 선생님의 미간에 그늘이 보인다는 사

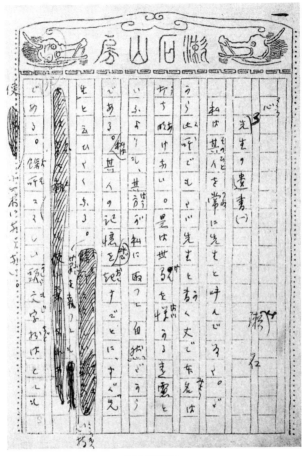

『마음』의 자필원고.

실을 '나'는 느끼고 있었지만, 그 정체를 확인할 수는 없었습니다.

'나'는 그 사람을 '선생님'이라 부르고 있었지만, 그렇다고 선생님이 어딘가에 자리를 잡고 가르치는 분도 아니었습니다. 일정한 직업도 없이, 그리 많지 않은 재산의 이자로, 아름다운 부인과 함께 조용하고 소박하게 지내고 있었습니다.

요컨대 선생님 역시 고등유민이었던 것인데, 『그 후』의 다이스케처럼 세상에 대해 신랄한 비판을 하지는 않고 그저 "나 같은 사람이 세상에 나가 입을 여는 것은 송구스럽다"라는 말을 계속 할 뿐, 일을 하지 않는 진정한 이유를 말하려 하지 않습니다. 사이가 좋은 사모님에게도 얘기를 하지 않아서 사모님은 어딘가 비밀을 안고 있는 것 같은 남편에 대해 불안감을 느끼고 있는 듯이 보였습니다.

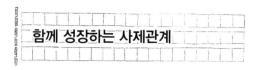

함께 성장하는 사제관계

그러나 실은 선생님 역시 자신의 비밀을 말할 수 있는 상대를 찾고 있었던 것입니다.

'나'는 어느 날 선생님이 무슨 생각을 하는지 좀처럼 읽어낼 수 없다는 사실을 안타깝게 생각하고, 선생님의 과거에 뭔가 숨겨진 원인이 있는 게 아닐까 싶어서 작정하고 선생님에게 묻습니다. 그에 대해 선생님은 이렇게 대답합니다.

"자네는 나의 사상과 의견 같은 것을 내 과거와 혼동하고 있는 게 아닌가?"(중략)

"별개의 문제라고 생각하지 않습니다. 선생님의 과거를 밑 거름으로 태어난 사상이니까요. 저는 과거도 중요하다고 생 각합니다."(중략)

"참 당돌하군."

"저는 진심입니다. 진정으로 선생님의 인생에서 교훈을 배우고 싶기 때문입니다."

"내 과거를 다 폭로해서라도 말인가?"

폭로라는 말이 순간 무섭게 울리며 내 귀를 내리쳤다. 나는 지금 내 앞에 앉아 있는 분이, 평소 그토록 존경하던 선생님이 아니라 한 사람의 죄인에 불과한 것 같은 느낌이 들었다. 선생님의 낯빛은 창백해져 있었다.

"자네는 정말로 진심인 거지?" 선생님은 재차 확인하셨다. "나는 과거의 한 사건을 계기로 사람을 믿지 않게 되었네. 그 래서 실은 자네도 예외는 아니라네. 하지만 아무래도 자네만 큼은 의심하고 싶지 않네. 자넨 내가 의심하기에는 너무 단순 한 사람인 것 같아서. 나는 죽기 전까지 이 세상에 단 한 명 이라도 좋으니 마음 놓고 흉금을 터놓을 사람이 있었으면 좋 겠다고 생각했어. 자네가 그 단 한 사람이 될 수 있겠는가? 되어줄 수 있겠는가? 자네는 진정 뼛속 깊숙이까지 진심을 다하는 사람이라고 말할 수 있는가?"

"만약 제 생명이 진정한 것이라면 제가 드리는 말씀도 진심 입니다."

나는 떨리는 목소리로 대답했다.

"좋아. 이야기하지. 내 과거를 숨김없이 모두 자네에게 말해주지. 그 대신……, 아니 그건 상관없어. 하지만 내 과거가 자네한테 그다지 유익하지 않을지도 모르네. 듣지 않는 편이 오히려 더 나을지도 몰라. 그리고 ──지금은 때가 아니니까 그런 줄 알고 아무쪼록 기다려주게. 적당한 시기가 와야만 얘기할 수 있으니까."

선생님은 자신의 과거를 이야기할 상대로서 '진정성 있는' 누군가를 찾고 있었던 것을 알 수 있습니다.

두 사람은 교류를 지속해가면서 서로 진지하게 상대방을 바라봅니다. 그것은 제도나 이해관계를 초월한, 순수한 인간관계였습니다.

그 관계 속에서 '나'도 선생님도 함께 성장해갑니다. 요컨대 저는 『마음』이라는 작품도 일종의 교양소설, 즉 'Bildungsroman'이라고 파악하고 싶습니다. '나'는 인생이 무엇인지를 알고 싶다고 염원하며 선생님의 '신전' 속 깊숙이 파고들며 성장해갑니다. 선생님의 존재는 '나'에게 이른바 Guru(교주)이며 그의 수행을 받아들이고 있는 것입니다.

선생님 역시 처음에는 '나'를 '애송이'라고 생각하던 마음이 있었을지도 모르지만, 올곧은 '나'와의 대화 속에서 놀라기도 하고 새로운 발견을 하기도 하며 점차 생각이 바뀌어갔던 것으로 보입니다. '내'가 젊지만 진정성 있는, 자신의 이야기를 털어놓을 사람으로 충분한 상대라는 것을 알게 되고, 또한 자기 자신의 자각을 심화시켜갔던 것입니다.

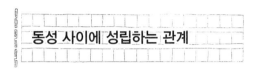

동성 사이에 성립하는 관계

이미 소개한 것처럼 소세키 역시 직업작가가 되기 이전에는 중학교, 고등학교, 그리고 대학교에서 교편을 잡았던 적이 있습니다. 권위주의적인 대학에 적응하지 못하고 교수직을 그만두어 버렸지만 제자들을 무척 자상하게 보살펴주는 선생님이었던 것 같습니다. 또한 산시로나 '나'의 경우, 학교가 아닌 장소에서 '선생님'을 발견했듯이 진정한 사제관계가 꼭 학교라는 곳에서 실현되는 것은 아니라고 생각했겠지요.

소세키는 교육의 의미를 좀 더 폭넓게 파악하여, 학생에게 정직함을 원한다면 가르치는 사람도 모든 것을 다 털어놓고 자신을 온전히 드러내야 한다고 생각했던 게 아닐까요.

소세키는 아시히신문사에 입사한 후 와세다早稻田의 '소세키 산방山房'이라 불리는 집으로 옮기는데, 거기로 소세키를 따르는 십수 명의 문인들이 종종 찾아옵니다. 구마모토 시절의 학생이었던 데라다 도라히코, 도쿄제국대학 시절의 제자였던 고미야 도요타카, 스즈키 미에키치鈴木三重吉 등도 있었고, 기쿠치 간菊池寬(신현실주의문학의 새 방향을 연 일본의 극작가·소설가—편집자 주)이나 아쿠타가와 류노스케芥川龍之介(일본 근대문학의 대표로 그의 업적을 기려 최고 권위의 문학상인 '아쿠타가와상'이 제정된다—편집자 주) 등도 출입했습니다. 문학이나 사회에 대해

소세키 산방에서, 가족과 제자들. 1911년.

여러 이야기를 나눈 듯합니다.

너무 바쁜 소세키를 걱정한 스즈키 미에키치의 제안으로 면회는 목요일 오후로 정해져 있었기 때문에 이 모임은 훗날 '목요회'라 불리게 되었습니다. 이와나미서점의 창업자인 이와나미 시게오岩波茂雄도 소세키를 경애하며 이 목요회에 출석하고 있었습니다. 흥겨운 모임으로 제자들에게 느닷없이 토론거리를 던지거나하는 일을 소세키 자신도 즐기고 있었던 것 같습니다.

소세키에게 이런 사제관계는 타산적인 사회 속에서 가장 인간적인 관계로 느껴졌던 게 아닐까요. 거기에서는 돈으로는 결코 살수 없는 소중한 것들이 소세키로부터 제자들에게로 전해져 갔을겁니다.

또한 이러한 관계는 동성이기 때문에 가능했던 것이라고 생각한 모양입니다. 『마음』 속에서 선생님이 '나'에게 "사랑은 죄악이라네"라고 말하는 장면이 있습니다. 물론 소세키의 작품들 대부분이 연애를 묘사하고 있는 것만 봐도 알 수 있듯이, 소세키에게 연애는 매우 중요한 테마였습니다. 그러나 소세키의 소설에 나오는 주인공들 대부분이 결혼이나 호주를 중심으로 한 가부장제라는 제도를 앞에 두고 괴로워했던 점을 생각해보면 남성끼리의 우정이나 사제관계보다도 부자유스러운 구석이 있었던 것은 분명합니다.

한편 동성끼리의 사제관계, 혹은 형제 같은 관계 brotherhood 는 몇 사람과 맺어도 무방하고 버리는 것 역시 자유롭기 때문에 이것이야말로 진정 인간적인 관계라고 느끼고 있었던 게 아닐까요.

선생님과 아버지

나와 '선생님'도 그러한 관계를 구축해갑니다. 그것은 사제관계이자 부자지간 같은 사이였습니다. 실제로 '나'는 자신의 부친과 '선생님'을 몇 번이고 비교하고 있습니다.

'나'는 졸업논문을 다 쓰고 무사히 제국대학을 졸업하지만 모처럼 받은 졸업증서를 함부로 다룹니다. 그 후 선생님 집에서 극진한 대접을 받고 선생님은 "축하하네"라고 말해주지만, '나'에게는 선생님이 자신의 졸업을 그다지 축하할 일이라고 생각하지 않는 것처럼 느껴집니다. 대학교수나 대학교육에는 의미가 없다고 생각하고 있는 내게 그런 선생님의 모습은 유쾌하게 여겨집니다.

그 후 '나'는 여름방학을 보내고자 본가로 돌아오는데 아버지는

선생님과 달리 졸업증서를 매우 소중히 하며 도코노마床の間(일본 건축물 객실 정면에 벽 쪽으로 움푹 패여 있으며 바닥이 방바닥보다 약간 높은 장소로 미술품 등을 장식함-역자 주)에 장식합니다. '나'는 그런 아버지를 선생님과 비교하며 경멸합니다. 선생님을 알게 되고 그 지성의 세례를 받아 눈 뜬 '나'는 호주를 중심으로 한 가부장적인 고향의 가치관을 부정하고 있는 것입니다. 『산시로』로 말하자면 제2의 세계의 가치관을 수용하고 첫 번째 세계를 부정한 것이 됩니다.

부친은 선생님이 무직이라는 사실을 알고 놀랍니다. 훌륭한 사람이라면 당연히 뭔가 직업을 가지고 있어야 한다고 말합니다. 그러나 '나'의 입장에서 말하자면 제국대학의 교수도 아니고 고급관료도 아닌 선생님은, 바로 그 점 때문에 너무나 훌륭한 것입니다. 어떤 이해관계에도 더렵혀져 있지 않기 때문에 '선생님'이라고 느끼고 있습니다.

그러나 그러한 가치관은 아버지에게 이해받지 못합니다. 어머니는 그렇게 훌륭하신 분이라면 선생님에게 취직 알선을 부탁해 보면 어떻겠느냐고 합니다. 바로 취직하겠다는 생각이 없는 '나'에게 그런 것들은 어찌되든 상관없는 일이었지만 부친은 중병을 앓고 있으며, 특히 메이지 천황의 병환에 대한 뉴스를 듣고 나서 증상이 점점 악화되고 있었기 때문에 '나'는 부친을 안심시키기 위해 선생님에게 취직 알선을 부탁하는 편지를 씁니다.

그러나 선생님으로부터 답장은 오지 않습니다. 그러는 동안 부친은 위독한 상태에 빠지고 '나'는 도쿄로 돌아가지 못하게 됩니다. 그러던 차에 선생님으로부터 두터운 편지가 옵니다. '나'는 간병을 하다가 잠깐 시간을 내서 선생님의 편지를 내용은 읽지 않고

페이지만 넘깁니다. 그러자 '이 편지가 자네 손에 당도했을 무렵에는 나는 더 이상 이 세상 사람이 아닐 걸세. 진작 죽어 있겠지'라는 한 문장이 눈에 들어옵니다. '나'는 위독한 아버지를 두고 집을 뛰쳐나와 도쿄행 기차를 타버립니다. '나'는 아버지보다 선생님을 선택한 것입니다.

그리고 기차 안에서 읽기 시작한 편지의 내용이 '하 선생님과 유서'로 밝혀지게 됩니다.

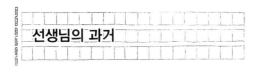

선생님의 과거

유서의 도입부에는 이런 내용이 적혀 있습니다.

그리고 나는 쓰고 싶다네. 자네에 대한 의무감은 차치하고라도 그저 내 과거사를 쓰고 싶다네. 나의 과거는 나만의 경험이니 나만이 소유할 수 있다 해도 무방하지 않겠나. 그걸 다른 사람에게 알리지 않고 그대로 죽는 것이 아깝다는 사람도 있겠지. 그래, 내게도 약간이나마 그런 생각이 든 것도 사실이네. 단, 받아들이지 못할 사람에게 밝힐 바에는 내 경험을 내 생명과 함께 묻어버리는 쪽이 낫다고 생각하네. 사실 자네의 존재가 여기 없었다면 나의 과거는 결국 나의 과거로 그치며 간접적으로나마 누군가에게 유용한 것이 되지 못하고 그저 그걸로 끝나 버렸겠지. 나는 몇천 만 명이나 되는 일본인들 가운데 유일하게 자네한테만 내 과거를 이야기하고 싶네. 자네에게는 진정성이 있으니까. 자넨 진정으로 인생 그 자체에서 생겨난 교훈을 얻고 싶다고 말한 사람이니까. (중략)

나는 지금 스스로 나의 심장을 도려내어 그 피를 자네의 얼굴에 쏟아 부으려 하네. 나의 심장이 고동을 멈추는 순간, 자네 가슴에 새로운 혼을 불어넣을 수 있다면 그것으로 만족하네.

선생님은 '진정성'이 있다고 인정한 '나'에게 자신의 과거를 밝힘으로써 자신의 생명을 '나'에게 전하고자 하고 있는 것입니다.

유서에 적힌 선생님의 과거란 어떠한 것이었을까요. 선생님은 고향에서 도쿄로 나와 대학에서 공부를 하고 있을 때 양친을 잃고 숙부에게 속아 재산을 빼앗겼다는 사실을 이미 말씀드렸습니다. 이때부터 선생님은 인간불신에 빠졌다고 말합니다.

그 후 도쿄로 돌아온 선생님은 어떤 가정에서 하숙을 하게 됩니다. 그 집안에는 남편을 잃은 사모님과 그 딸인 아가씨가 살고 있었습니다. '선생님'은 거기서 하숙을 하다가 점점 아가씨를 사랑하게 되었습니다. 그리하여 사모님과의 사이에서도 아가씨와의 혼담을 암시하는 이야기가 언뜻언뜻 오가게 되었던 것입니다.

그러나 그런 생활 속으로 선생님의 친구인 K가 들어오게 됩니다. K와 선생님은 동향의 절친한 친구 사이입니다. 무척 공부를 열심히 하는 사람으로 철학적이기도 했던 친구를 선생님은 존경하고 있었습니다. 그러나 양자로 들어갔던 집의 의향을 무시하고 문학부에서 공부하고 있는 것을 양부모에게 실토했기 때문에 양자로 갔던 집에서도, 원래의 본가에서도 부모 자식 간의 연을 끊어버립니다. 대학을 계속 다니기 위해 무리하게 일을 하며 어렵게 고학을 하고 있던 K는 점점 편협하고 염세적인 사람이 되어갑니다. 선생님은 그런 K를 어떻게든 도와주고자 K를 설득해서 자신의 하숙집으로 데려옵니다. 선생님이 빌린 방 안에 있는 작은 별도의 여유 공간을 K에게 내주며 함께 살기로 했던 것입니다.

주거비 부담이 없어졌을 뿐만 아니라 사모님이나 아가씨와 교류하게 된 결과, K는 조금씩 다시 밝아져 갔습니다. 그것은 바로 선생님이 가장 바라던 바였지만, 이번엔 선생님이 K와 아가씨의 관계에 대해 점점 의심하게 됩니다.

그리고 어느 날 K가 아가씨에 대한 마음을 고백하자 선생님은 큰 충격을 받습니다. K가 아가씨와 결혼하겠다며 사모님에게 말을 꺼내지 않을까 불안해진 선생님은 불쑥 사모님에게 아가씨와 결혼하겠다는 의사를 밝힙니다. 그리고 사모님으로부터 승낙을 얻습니다.

그런 사실을 차마 K에게 말하지 못하고 있는 사이에 사모님을 통해 그 이야기가 K의 귀에 들어가 버립니다. 그리고 K는 하숙집 방에서 경동맥을 끊고 자살해버렸습니다. 유서에는 '자신은 너무 의지가 박약해서 도저히 앞날에 희망이 보이지 않기 때문에 스스로 목숨을 끊는다'라고 되어 있었으며 아가씨에 대한 마음이나 선생님의 결혼에 대한 이야기는 일체 어디에도 적혀 있지 않았습니다.

그리고 K의 자살에 대한 진상은 그 누구에게도 알려지지 않은 채 선생님은 마침내 아가씨와 결혼했습니다. 그 아가씨가 현재의 선생님의 사모님입니다.

K의 죽음은 선생님의 마음에 깊은 그늘을 드리웠고 세상에 나

가 일할 수도 없게 만듭니다. 선생님은 계속 죽음에 대해 생각하면서도 사모님을 생각하면 차마 죽을 수도 없어서 그런 상태로 오늘날까지 살아왔다고 말합니다. 그러나 메이지 천황의 붕어 소식을 접하고 그에 이어지는 노기 마레스케乃木希典 부부의 순사殉死에 대해 알게 되며 마침내 자살할 결심을 했다고 유서의 내용은 이어지고 있었습니다. 그리고 죽기 전에 '나'의 앞으로 이 모든 것을 고백하는 편지를 쓰기로 했던 것입니다.

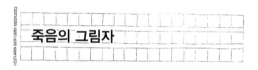

죽음의 그림자

다시금 읽어보면 이 『마음』이란 작품에서는 등장인물들이 계속해서 죽어가고 있습니다. 시간적으로 보자면 우선 선생님의 부모님들이 돌아가시고 K가 자살하고 사모님(아가씨의 어머니)이 돌아가십니다. 그리고 선생님과 '나'와의 만남이 이어지고 있는 동안 메이지 천황이 붕어하고 노기 마레스케 부부가 순사합니다. 그리고 확실하게는 드러나 있지 않지만 선생님이 자살하고 얼마 후 아마도 '나'의 아버지도 돌아가셨을 것입니다. 주요한 인물들 중 살아남은 사람은 '나'와 선생님의 사모님(아가씨) 정도입니다. 『마음』은 '데스 노블Death Novel'인 것입니다.

생각해보면 처음에 주인공이 선생님과 만난 가마쿠라에서도 이미 죽음의 그림자가 언뜻 보이고 있었습니다. 두 사람이 처음으로 만났던 유이가하마由比ヶ浜(도쿄 인근인 가마쿠라 시에 있는 해변-역자 주)는 실

'선생님과 유서'에 등장하는 와타나베 가잔渡辺崋山 《황량일취도荒凉一炊図》 1841년. 이 그림을 그리기 위해 가잔이 자결할 날도 미루었던 것이 선생님의 심경을 잘 나타내며 언급되고 있다.

은 옛날 sanatorium이 있었던 곳입니다. sanatorium이란 당시에는 불치의 병이라 간주되던 결핵의 요양소를 말합니다. 지금도 공원 한 구석에 그 자취가 남아 있습니다. 소세키도 당연히 그 사실을 알고 있었다고 생각합니다. 아마도 증상이 가벼운 사람은 해안가에서 일광욕을 했던 것으로 생각되는데, 아마 근처에는 죽음을 기다리는 사람들도 많았을 것입니다. 그렇기 때문에 더더욱 소세키는 첫 도입부의 장소를 여기로 선택했을 것입니다.

『나는 고양이로소이다』에서도 지적했던 것처럼 소세키에게는 죽음에 대한 충동이 보이며 『마음』은 그것이 좀 더 농후하게 드러난 작품이라 말할 수 있습니다. 그 근본에는 소세키의 '신경쇠약'이 있는데 소세키에게 죽음을 의식하게 만든 사건으로 세 가지를 들 수 있습니다.

첫 번째는 이미 소개한 것처럼 제일고등학교의 제자였던 후지무라 미사오의 자살입니다.

두 번째는 소세키 자신이 병으로 생사를 넘나들었던 경험입니다. 소세키는 원래 위가 좋지 못했는데, 『마음』을 집필하기 4년 전, 『문』을 집필하던 중에 위궤양이 악화되어 연재 종료 직후 입원합니다. 그리고 그 해 여름, 요양에 전념하기 위해 이즈伊豆(도쿄에서 가까운 시즈오카静岡에 있는 일본 굴지의 온천 휴양지—역자 주)의 슈젠지修善寺(이즈 반도에 있는 저명한 온천장—역자 주)에 있는 료칸旅館으로 거처를 옮겨 체재하는데 거기서 대량의 피를 토하기도 합니다. 이는 '슈젠지의 대환大患'이라 불리고 있습니다. 다행스럽게도 목숨을 건지는데 이 체험이 향후 소세키의 사생관이나 작품에 엄청난 영향을 끼쳤다고 지적되고 있습니다. 이후에도 소세키는 위궤양이나 치질, 그리고 당뇨병 같은 질병을 앓았고 『마음』을 집필하고 나서 2년 후인 1916년(다이쇼 5년) 49세의 나이로 세상을 떠나게 됩니다.

그리고 소세키에게 죽음을 의식하게 했던 또 하나의 사건은 『마음』 연재 중에 일어난 제1차 세계대전입니다. 연재 당시에는 아직 시작 단계였지만, 이미 기존의 전쟁과 차원이 다를 정도로 많은 사람들이 죽어가고 있었습니다. 시사문제를 항상 의식하고 있던 소세키도 영자신문을 통해 그 사실을 알고 있었던 것으로 생각됩니다.

이러한 것들이 소세키로 하여금 죽음에 대해 깊이 생각하도록 만들었겠지요.

K는 왜 죽었는가

선생님의 죽음의 원인이 된 K의 죽음. 실은 그 진정한 이유는 알 수 없습니다. 언뜻 보면 실연이 이유일 거라고도 생각되지만, 유서에는 그런 내용이 적혀 있지 않았습니다. '선생님'도 그 수수께끼에 대해 계속 생각했던 것 같습니다. 선생님은 유서 안에서 다음과 같이 말하고 있습니다.

동시에 나는 K의 사인에 대해 거듭거듭 생각해보았지. 그 일을 당장 겪었을 때에는 내 머릿속이 그저 사랑이라는 한 단어에 완전히 지배되고 있던 탓도 있었겠지만, 그때의 내 판단은 너무 단순했고 게다가 하나밖에 몰랐어. K는 그야말로 실연 때문에 죽은 것이라고 단정 지어버렸던 거야. 그러나 세월이 흐르고 어느 정도 안정을 찾은 뒤 그 사건을 돌이켜 생각해보니 그렇게 간단히 결론 낼 게 아니라고 생각하게 됐네. 이상과 현실의 충돌이라고 해야 할까, 아니 이것으로도 충분한 설명이 될 수는 없었어. 그러다가 다른 생각이 들기 시작했네. K는 나처럼 혼자라는 생각에 견딜 수 없이 외로워했었고, 그러다 결국 극단적인 선택을 하게 된 건 아닐까, 하고 말이지. 생각이 거기에 미치자 난 갑자기 소름이 끼쳤네. 나 역시 K가 걸어간 길을 그대로 거쳐 가고 있다는 예감이 들었던 거야. 그런 생각이 문득 한줄기 바람처럼 내 가슴속을 스쳐지나가기 시작했기 때문이지.

'나 역시 K가 걸어간 길을 그대로 거쳐 가고 있다'고 느꼈던 것은 선생님 역시 '견딜 수 없이 외로워했었기' 때문입니다. 선생님은 이 전 대목에서 그런 외로움에 대해 말하고 있습니다. K로 인해 겪을 수밖에 없게 된 불안감으로부터 벗어나고자 책에 매달리기도 하고 술독에 빠지기도 하는 선생님을 보고 사모님은 "당신은 저를 싫어하고 계시는 거겠죠"라고 슬퍼했기 때문에 선생님은 몇 번이나 사모님에게 비밀을 다 털어놓으려고 생각합니다. 그러나 결국 못 합니다.

> 하지만 마음 깊숙이에서는 이 세상에서 내가 가장 믿고 사랑하는 단 한 사람마저 날 이해하지 못하는구나 싶으니 참으로 슬펐다네. 이해시킬 방법은 있지만 이해시킬 용기가 없다는 생각을 하면 더더욱 슬퍼졌네. 나는 적막했어. 이 세상 모든 것으로부터 떨어져 나간 채 그저 나 홀로 살아간다는 느낌을 받을 때가 자주 있었네.

마치 세계에 자기밖에 없다는 기분이 들 정도로 선생님은 고독하고 쓸쓸했던 것입니다. 때문에 본인도 K처럼 죽는 게 아닐까 하는 생각을 하게 되었습니다.

저는 고등학교 1학년 시절 이 작품을 읽었을 때, 선생님의 이러한 분석의 의미를 잘 이해할 수 없었습니다. 하지만 고등학교 2학년이 되고 다시 읽었을 때에는 무척 마음이 흔들렸고 깊은 감동을 받았습니다.

선생님은 이야기의 첫 부분쯤에서 이미 자신의 외로움에 대해 '나'에게 말했습니다. 선생님은 "나를 너무 믿으면 안 된다네"라고 말하고 "나는 지금보다 훨씬 더 쓸쓸해질 미래의 나를 견뎌내기보다는 쓸쓸한 지금의 이 상태를 참아내고 싶네. 자유와 독립과 자기 자신으로 가득 찬 현대에 태어난 우리는 그 대가로 모두 이런 외로움을 맛봐야만 하겠지"라고 말하고 있습니다. 고등학교 2학년인 나는 이 말에 쇼크를 받았습니다.

자유와 독립은 실로 일본의 전후戰後(1945년 이후를 의미-편집자 주)민주주의가 염원했던 것입니다. 그러나 사실 그것은 외로움과 표리일체였습니다. 최근에는 '자유'를 행사하고자 하면 '자기책임'이란 말을 듣습니다. 뭔가 문제가 발생되면 엄청난 비난을 받습니다. 무척 외로운 시대입니다.

'자유와 독립'을 손에 넣은 전후민주주의 시대를 살아가는 우리들. 그런 우리들이 느끼고 있는 외로움을 소세키는 100년이나 이전에 이미 알고 있었습니다. 당시에 벌써 그런 발언을 할 수 있었던 것은 소세키뿐이었을지도 모릅니다. 소세키가 살아가고 있던 당시엔 아직 사람들이 '자유와 독립'을 염원하는 시대였습니다. 특히 지방에서는 여전히 호주를 중심으로 한 가부장제도가 견고히 존재하였고 그러한 질곡으로부터의 해방을 부르짖던 시대였습니다. 그런 시대에 있으면서 소세키는 이미 그 아득한 앞날을, 자유와 독립을 얻은 후의 인간이 맞이할 고독을 응시하고 있었던 것입니다.

당시 사람들은 이 심정을 과연 얼마나 이해할 수 있었을까요. 아마도 이 심정을 이해할 수 있었던 사람은 도쿄에 사는 일부 인

「마음」을 읽다 127

텔리 계층뿐이었을 겁니다. 여전히 호주를 중심으로 한 가부장 제도가 견고했던 농촌지역에 살아가는 사람들에게는 선생님이나 K의 외로움이 과연 이해되었을까 싶습니다. 그러나 소세키가 연재하고 있던 아사히신문의 구독자는 아직 수십 만 명인 시대로 그 숫자는 정확히 도시부 인텔리 층과 일치하고 있었기 때문에 선생님이나 K의 생각을 이해한 독자도 있었을 거라 생각합니다. 그리고 그 후 시대가 점점 소세키를 쫓아왔기 때문에 소세키는 지금까지도 이토록 읽히고 있는 것이겠지요.

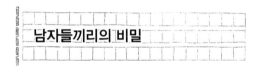

남자들끼리의 비밀

선생님의 고독은 K의 죽음에 의해 깊어지지만, 고독 그 자체는 K와 만나기 이전부터 선생님 내면에서 꿈틀대고 있었던 것으로 보입니다. 아버지의 죽음이나 신뢰했던 숙부의 배신, 그리고 시류에 영합할 수 없었던 결벽증적인 성격 때문에 선생님의 내면에 이미 고독의 그림자가 깊이 드리우고 있었기 때문입니다. 그리고 K 역시 외로운 인간이었습니다. 바로 그 점 때문에 두 사람은 서로가 서로에게 끌렸던 것입니다. 이것은 고독한 사람들의 이야기입니다.

두 사람이 친하게 지내는 모습에서는 동성애의 향기조차 느껴질 정도입니다. 두 사람은 어느 날 보소房総(도쿄의 남동부로 태평양과 접한 반도半島이며, 치바 현千葉県의 대부분을 차지함-역자 주)로 여행을 떠납니다. 아직 K로부터 아가씨에 대한 마음을 듣기 이전의 일이었지만 선생님은 K도 혹시나 아가씨를 좋아하는 게 아닐까 하는 마음에 괴로워하고 있었습니다.

> 어느 순간 나는 느닷없이 그의 셔츠 깃을 뒤에서 잡아챘지. 그리곤 이대로 바다 속으로 밀어버리면 어떻게 하겠느냐고 K에게 물었네. 그는 꿈쩍도 하지 않았어. 그저 뒤를 돌아보며 "마침 잘 되었네, 어서 그렇게 해줘"라고 대답하더군. 나는 바로 손을 놓아버렸지.

이 장면에서는 범상치 않은 무엇인가를 느낍니다. K와 선생님이 친밀한 관계가 아니었다면 선생님이 아가씨 때문에 이토록 괴로워하는 일은 없었을 것입니다. 선생님은 K에게 친밀한 마음을 품고 있었고, 바로 그 이유 때문에 더더욱 미칠 지경으로 의심하며 괴로워했던 것입니다. "마침 잘 되었네, 어서 그렇게 해줘"라고 대답한 K에게도 비슷한 마음이 있었을 것으로 생각됩니다.

이것을 읽었던 고등학교 시절, 저는 두 사람의 관계를 잘 이해할 수 없었습니다. 하지만 대학 시절 주위로부터 '혹시 동성애?'라고 놀림을 받을 정도로 친한 친구가 생기자, 제 자신과 친구를 선생님과 K에게 중첩시켜 생각할 수 있게 되었고 선생님과 K의 관계를 가까스로 이해할 수 있게 되었습니다.

때문에 선생님과 K와 아가씨의 관계는 단순한 삼각관계가 결코 아닙니다. 『마음』의 줄거리를 간략하게 정리해버리면 막 잘 되려고 하고 있던 아가씨와 선생님 사이에 K가 들어와 버려 비극이 일어났다는 게 될지도 모르겠지만, 시각을 바꿔보면 오히려 전제가 되고 있는 것은 K와 선생님의 친밀한 우정이기 때문에 그 사이로 아가씨가 들어와 두 사람의 우정이 깨져 버렸다고 생각해볼 수도 있는 것입니다.

그 증거로 K도 선생님도 아가씨에게는 아무 말도 하지 않습니다. K는 유서에 아무 말도 쓰지 않았습니다. 그리고 자살할 때 K는 선생님 방과 자신의 공간 사이에 있는 장지문을 조금 열어두고 있었습니다. 죽은 자신의 몸을 우선은 선생님이 발견하도록 해두었던 것입니다. 자신의 죽음에 대해 선생님에게 수수께끼를 내걸었다고도 말할 수 있습니다.

선생님도 '나는 그저 아내의 기억에 어두운 한 점을 남기는 것을 참을 수 없었기 때문에 내 마음을 다 밝히지 않았던 것이라네. 순백의 마음에 단 한 방울의 잉크자국이라도 남기는 것은 나에게는 너무 큰 고통이었다고 해석해주게나'라고 말하며 사모님에게 전혀 아무 말도 털어놓지 않은 채 죽어버립니다. 이것은 남자들끼리의 비밀이었던 것입니다. 그리고 그 비밀은 남자인 '나'에게도 전달됩니다.

그러고 보면 선생님은 '나'에게 일찍이 이런 말을 한 적이 있습니다. "사랑은 죄악이라네"라고 말하는 선생님에게 '나'는 그 이유를 따져 묻습니다.

"왜인지는 이제 곧 알게 된다네. 아니, 이제 곧이 아니라, 이미 알고 있지. 자네 마음은 진작부터 이미 사랑으로 꿈틀대고 있지 않나."

나는 그 순간 내 마음 속을 돌아보았다. 하지만 그곳은 의

외로 공허했다. 짐작 가는 바는 전혀 없었다.

"제 가슴속에는 이렇다 할 대상이 전혀 없습니다. 저는 선생님에게 아무것도 숨기려는 게 없다고 생각합니다."

"대상이 없으니까 꿈틀대는 거라네. 만약 있다면 침착하게 안정을 찾을 거라는 생각에 꿈틀대지 않게 되는 법이지."

"지금은 그다지 꿈틀대지 않고 있습니다."

"자네는 뭔가 부족하기 때문에 그것을 메우려고 내 집에 찾아오는 게 아닌가?"

"그건 그럴지도 모르겠습니다. 하지만 그것과 사랑의 감정과는 다릅니다."

"사랑에 이르는 단계인 거지. 이성과 서로를 감싸 안는 순서로서 우선은 동성인 내 집에 찾아오는 거야. 꿈틀대는 거지."

"나에게는 두 가지가 전혀 성질이 다른 것처럼 생각됩니다."

"아니, 마찬가지라네. 나는 남자로서 도저히 자네를 만족시킬 수 없는 인간이지. 그리고 어떤 특별한 사정이 있어서 더더욱 자네에게 만족을 줄 수 없네. (후략)"

이러한 대화에서도 '나'와 선생님 사이에서 고독을 매개로 한 동성애적 친밀함을 느낄 수 있습니다. 또한 '나는 남자로서 도저히 자네를 만족시킬 수 없는 인간'이라는 선생님의 말은 일찍이 K와의 친밀한 우정이 비극적인 결말을 맞이해버렸던 일을 가리키고 있을 겁니다.

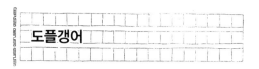
도플갱어

여러분은 '도플갱어'란 말을 들어본 적이 있으신가요. 자기와 똑같이 생긴 인간을 가리키는 말인데 그것을 직접 보면 죽는다고 합니다.

소세키도 애독했던 작가 에드거 앨런 포는 『윌리엄 윌슨』이란 작품에서 도플갱어를 테마로 하고 있습니다. 주인공인 윌리엄 윌슨은 학창 시절부터 자기와 똑같이 생기고 같은 이름을 가진 남자에게 스토킹을 당합니다. 그 남자가 자기 흉내를 내거나 훈계를 하거나 나쁜 일을 폭로하거나 하기 때문에 계속 도망 다니는데, 아무리 도망쳐도 반드시 눈앞에 다시 나타납니다. 그리고 마침내 어느 순간 분노가 폭발한 그는 도플갱어를 찔러 죽여버립니다. 그 순간 도플갱어는 '너는 내 안에 존재하고 있다. 나를 죽였기 때문에 너는 너를 죽여버린 것이다'라고 외칩니다. 요컨대 도플갱어는 그 자신의 양심이었던 것입니다.

저는 선생님과 K의 관계는 도플갱어 같은 것이지 않았을까 싶습니다. 고독을 매개로 서로에게 끌리는 그들은 마치 일란성 쌍둥이 같습니다. 또한 서로가 서로의 양심이지 않았을까 하는 생각도 듭니다. K가 고학으로 인해 신경쇠약에 걸리자 이를 구하고자 선생님은 K를 자신의 하숙집으로 데리고 옵니다. 그리고 K의 신경쇠약이 차도를 보이자 이번엔 선생님이 괴로운 의식에 끊임없이 시달리는 마음의 병을 얻습니다.

선생님은 숙부에게 배신을 당해 인간불신에 빠져버렸지만, 자기만은 그 누군가를 배신하지 않을 거라고 생각하고 있었습니다. 그런데도 선생님은 K에 대해 무척 비겁한 수단을 쓰게 됩니다. K의 고백을 들은 후 선생님은 K에게 "정신적으로 향상심을 가지지 않는 자는 바보다"라고 내뱉어버린 것입니다. 이것은 일찍이 선생님이 K로부터 들었던 것과 똑같은 말이었습니다.

K는 마치 수도승처럼 금욕적인 인간이었습니다. 살아 있다는 실감이 희박했던 시대, 요컨대 실존적인 불안이 동반된 시대에, 정면으로 부딪쳐서 살아 있다는 의미를 진지하게 탐색하려고 했던 훌륭한 지성의 소유자였습니다. 그렇기 때문에 더더욱 선생님은 K를 존경하였고 K 역시 자신의 그러한 삶의 방식에 대해 자부심을 가지고 있었습니다. 그런 K가 연애에 마음을 쏟는 것은 패배를 의미했습니다. 그런 것을 충분히 알고 있었던 선생님은 바로 그 점을 공격하여 "정신적으로 향상심을 가지지 않는 자는 바보다"라고 K를 공격했던 것입니다.

게다가 그때 K가 입에 담았던 '각오'란 단어의 의미를 선생님은 '죽을 각오'가 아니라 '아가씨나 사모님에게 고백할 각오'라고 짐작하고 K보다 먼저 사모님에게 아가씨와의 결혼을 허락해달라고 청합니다. 이때 선생님은 완전히 양심을 잃은 상태였습니다. 그렇기 때문에 선생님은 "사랑은 죄악이라네"라고 말하고 있는 것입니다.

두 사람이 도플갱어라면 한쪽 편을 잃어버리면 나머지 한쪽 편도 머지않아 죽어버릴 운명입니다. 윌리엄 윌슨처럼 K가 선생님의 양심이었다면 K가 죽음으로써 선생님은 다시금 양심을 되찾지만 그로 인해 결국 죽음을 택하는 것입니다.

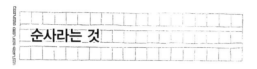

순사라는 것

고독에 의해 서로가 서로에게 끌리고 고독 속에서 죽어갔던 K 와 선생님. 그런데 왜 선생님은 이 타이밍에서 자결한 것일까요. 죽음에 대해 계속 생각해왔으면서 왜 메이지 천황의 붕어, 그리고 그에 이어지는 노기 마레스케 부부의 순사에 의해 죽음을 결심했 던 것일까요. 이 점은 우리들이 이해하기 어려운 바입니다. 이전 에 소개했던 오오카 쇼헤이도 '인위적이다'라고 평하고 있는데, 지 금 수업 시간에 학생들과 읽고 있어도 종종 위화감이 느껴진다고 거론되는 부분입니다.

선생님은 자신이 죽음을 결심한 경위에 대해 이렇게 말하고 있 습니다.

그러자 여름도 한창 더울 때 메이지 천황이 붕어하지 않으 셨나. 그때 나는 메이지의 정신이 천황에서 시작되어 천황으 로 끝났다는 생각이 들었다네. 가장 강하게 메이지의 영향을 받았던 우리들이 그 후에 계속 살아남아 있는 것은 필경 시대 착오일 거라는 느낌이 강렬히 내 가슴을 내리쳤지. 나는 노골 적으로 아내에게 그렇게 말했다네. 아내는 웃어넘기며 별로 상대해주지 않았지만 무슨 생각이 들었는지 느닷없이 나에 게, 그렇다면 순사라도 하시면 되겠다고 놀려댔지.

나는 순사라는 말을 거의 잊고 있었네. (중략) 아내의 농담을 듣고서야 비로소 그 말을 떠올렸을 때, 나는 아내에게 내가 만약 순사한다면 그건 메이지의 정신을 위해 순사하는 거라고 대답했지. 내 답변 역시 물론 농담에 지나지 않았지만, 나는 이때 어쩐지 잊혀진 옛말에 새로운 의의를 담아낼 수 있겠다는 느낌이 들었다네.

그 후 약 한 달 정도가 지났어. 국장이 치러지던 날 밤, 나는 평소처럼 서재에 앉아 애도의 포화 소리를 들었다네. 내겐 그것이 메이지와의 영원한 결별을 고하는 소리로 들렸지. 나중에 생각해보니 그것이 노기대장의 죽음을 알리는 소리이기도 했던 거야. 나는 호외를 손에 들고 나도 모르게 아내에게 순사야, 이게 순사야, 하며 말했지.

나는 신문에서 노기대장이 죽기 직전에 써둔 것을 읽었다네. 세이난전쟁 때 적군에게 깃발을 빼앗긴 후 그에 대한 면죄부로 자결을 결심한 뒤 오늘날까지 그러한 자세로 살아왔다는 의미의 대목을 읽고 나도 모르게 손가락을 꼽아가며 노기대장이 죽을 각오를 하면서도 계속 살아왔던 세월을 헤아려보았다네. (중략) 버티며 살아왔던 35년이 더 괴로웠을지, 혹은 칼로 배를 찔렀을 때의 그 순간이 더 괴로웠을지 생각해보았다네.

그러고 나서 이삼 일 뒤 나는 마침내 자살할 결심을 했어. 노기대장이 죽은 이유를 내가 잘 이해할 수 없는 것처럼 자네 역시 내가 자살하는 연유를 명확히 납득할 수 없을지도 모르지만, 만약 그렇다고 한다면 그것은 시대의 변천에 따라 사람의 생각이 서로 다른 것이니 어쩔 수 없다네. 어쩌면 개인이 가지고 태어난 성격차이라고 말하는 편이 더 맞을지도 모르지. 나는 내가 할 수 있는 최대한으로, 이런 불가사의한 나란 존재를 자네에게 이해시키고자 필사적으로 서술해왔다고 생각하네.

노기 마레스케는 육군대장으로 쇼와천황이 어렸을 적에 교육 담당자를 역임했던 것으로도 알려져 있습니다. 유서에 있는 세이난전쟁에 참가한 후 청일전쟁, 러일전쟁 등에서 지휘관을 역임했고 그 공적을 평가받았습니다. 그 후 가쿠슈인学習院(가쿠슈인대학을 중심으로 한 일본의 학교법인. 1947년 사립학교로 재출발하기 전까지는 관립학교. 노기 마레스케는 관립학교 시절 제10대 가큐슈인 원장을 역임함–역자 주) 원장과 쇼와천황의 교육 담당자를 역임했는데, 메이지천황이 세상을 떠난 지 한 달 후 그 장례일에 일본도로 자살을 했던 것입니다.

선생님은 자신의 죽음에 대해 '순사'라는 단어를 적극적으로 사용하고 있습니다. '메이지의 정신에 순사한다'라고도 말하고 있습니다. 이 단어에서 뭔가 매우 내셔널리즘적인 인상을 받을지도 모릅니다. 실제로 이 '메이지의 정신에 순사하다'란 표현을 통해 소세키를 메이지란 시대의 수호신이며 메이지 국가를 축복하는 대문호, 내셔널리스트라고 평가하는 사람도 있습니다. 그러나 저는 그것은 커다란 오류라고 생각하고 있습니다.

소세키는 메이지란 시대를 어떻게 생각하고 있었을까요. 지금까지 일본의 문명에 대해 날카로운 비평을 가해왔던 것을 돌이켜봐도 충분하겠지만 나아가 소세키가 메이지에 대해 직접적으로 언급하고 있는 문장을 소개해보겠습니다.

현대의 청년에게는 이상이 없다. 과거에 이상이 없었고 현재에도 이상이 없다. 가정에서는 부모를 이상적으로 생각할 수 없다. 학교에서는 교사를 이상적으로 생각할 수 없다. 사회에서는 신사를 이상적으로 생각할 수 없다. 사실상 그들은 이상이 없는 것이다. 부모를 경멸하고 교사를 경멸하고 선배를 경멸하고 신사를 경멸한다. 이런 모든 것들을 경멸할 수 있는 것은 훌륭한 일이다. 단 경멸할 수 있는 자에게는 자기 자신 안에 이상이 없어서는 안 된다. 자기 안에 아무런 이상도 없이 이런 모든 것들을 경멸하는 것은 타락이다.(1906년(메이지 39년))

메이지 말기의 젊은이들에게 존경할 수 있는 어른은 없다고 말하고 있습니다. 메이지란 시대를 만들어왔던 부모들 중에도 교사 중에도 선배 중에도, 이상을 가진 사람은 전혀 없기 때문에 젊은 사람들이 그들을 경멸하는 것은 당연한 일이다, 단 그들을 경멸하려면, 자기 자신은 이상을 가지고 있지 않으면 안 된다, 만약 그렇지 않으면 그것은 타락이다, 라고 소세키는 말하고 있는 겁니다. 메이지인 가운데 존경할 만한 사람은 없었다고 단언하고 있는 것이 주목됩니다.

또한 이어서 다음과 같이 말하고 있습니다.

멀리서 이 40년을 바라보면 일탄지(불교에서 말하는, 손가락을 한 번 통기는 정도의 몹시 짧은 시간-역자 주)처럼 짧은 시간일 뿐이다. 이른바 메이지의 원로라고 하는 사람은 '벼룩'처럼 왜소한 존재로 변화하고 있음을 알지 못하는가. 메이지의 위업은 이제부터 시작된다. 지금까지는 우연한 요행에 의한 세상이었다. 준비하는 시간이었다. 만약 진정으로 위인이 있어서 메이지의 영웅이라 불릴 만한 자가 있다면 이제부터 나와야 한다. 이것을 알지 못한 채 40년을 유신의 위업을 대성한 시일로 판단하고 나야말로 공신이며 규범이라는 따위의 말을 한다면 바보와 자아도취와 광기를 겸비한 환자다. 오늘까지 40년 동안 규범이 될 만한 자는 단 한 사람도 없었다. 우리들은 너희들을 규범으로 삼을 만큼 그릇이 작지 않다.

메이지 시대가 시작된 후 40년을 돌이켜보면 영웅이나 공신이나 규범이라 말할 수 있는 사람은 단 한 사람도 없었다, 만약 나타난다고 한다면 이제부터다, 라고 말하고 있습니다. 새로운 시대를 짊어질 젊은이들에 대한 기대도 느껴집니다.

이런 언급들을 살펴보면 소세키가 메이지란 시대를 축복하고 있다고는 도저히 생각되지 않습니다. 선생님이 '멋진 메이지'를 위해 순사했다는 것은 있을 수 없는 것입니다.

그렇다면 선생님은 왜 죽었을까요. '메이지의 정신에 순사한다'란 어떤 의미일까요. 저는 이렇게 생각합니다. '메이지란 시대는 자기처럼 쓸모없는 인간을 탄생시켰다, 그런 시대의 마지막에 나 자신도 처결하기로 하자.' 그런 의미였던 게 아니었을까요.

그것은 메이지란 시대에 대한 일종의 항의이기도 합니다. 정치사상사가思想史家인 마루야마 마사오丸山眞男(1914~96년)는『충성과 반역忠誠と反逆』(치쿠마학예문고ちくま学芸文庫, 1998년)이란 책 속에서 충의를 다

하기 때문에 항의를 위해 반역한다는 일본의 정신성에 대해 언급하고 있습니다.

선생님도 소세키도 마루야마가 말하는 것처럼, 일본을 너무나 사랑한 나머지 나라에 이의신청을 하고 있는 게 아닐까 생각합니다. 선생님의 '순사'에는 메이지의 정신을 묻어두고 새로운 시대에 기대를 건다는 의미가 담겨져 있었던 것은 아닐까요.

마지막 순사

'순사'는 메이지란 시대와 함께 끝납니다. 그 이후 시대에 '순사'란 성립하지 않습니다. 즉 노기대장이나 선생님의 죽음은 최후의, 마지막 순사라는 게 됩니다. 어째서일까요.

노기 부부가 만약 자택이 아니라 후지 산의 울창한 수풀 속에서 목을 매고 죽어서 발견되지 않았다고 한다면 그것은 순사가 되지 못합니다. 순사란 퍼블릭한(공적인) 죽음인 것입니다. 순사는 누군지 알 수 없는 이름 없는 한 사람의 죽음이 아니라, 누가 죽었는가 하는 고유명사가 중요한 죽음입니다.

그러나 당시 일어난 제1차 세계대전은 죽은 사람이 수백만 명이나 나와 엄청난 수의 '무명병사의 무덤'을 잉태시켰습니다. 근대화가 진행되면서 인간은 점점 익명의 존재가 되고 있습니다. 앞서 인용한 대로 소세키가 문명의 상징인 기차에 대해 언급한 부분에서도 '문명은 가능한 모든 수단을 동원해 개성을 발달시킨 후 가능한 모든 방법으로 이 개성을 무참히 짓밟는다'라고 말했습니다. 소세키는 메이지 이후의 인간의 죽음은 고유명사가 없는 죽음이라고 의식하고 있었던 게 아닐까 생각됩니다.

선생님의 죽음은 노기대장과 달리 본래의 이유로 인해 너무나도 조용한 개인적인(사적인) 죽음입니다. 그러나 그 죽음을 메이지란 시대를 묻는 '순사'로 파악하고 '나'에게 전달함으로써 사회적이며 공적인 의미를 더하고자 했던 것이겠지요. 선생님의 유서에 있었던 '나는 이때 어쩐지 잊혀진 옛말에 새로운 의의를 담아낼 수 있겠다는 느낌이 들었다네'란 그러한 의미라고 생각합니다.

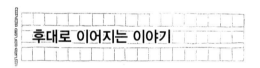

후대로 이어지는 이야기

한편 선생님의 유서를 읽고 '나'는 어떻게 받아들였을까요. 그 점에 대해서는 어디에도 적혀 있지 않습니다. 『마음』이란 작품은 '상', '중', '하'의 3부일 뿐입니다. '중'의 마지막 부분인, 도쿄로 향하는 차 안에서 '나'는 유서를 읽기 시작했다고 적혀 있으며, '하'는 유서 그 자체입니다. 그 후 '내'가 어찌 되었는지에 대해 쓴 '제4부'는 존재하지 않습니다.

저는 이 작품이 유서를 읽고 선생님의 비밀을 모두 알게 된 '내'가 누군가에게 향해 쓰기 시작한 이야기라고 생각하고 있습니다. 작품의 맨 첫 부분이 '나는 그분을 언제나 선생님이라 불렀다'라는 과거형으로 시작되고 있다는 것은 과거의 사건을 쓰고 있다는 사실을 나타내고 있습니다. 읽고 있으면 자기도 모르게 리얼타임으로 쓰여 있는 듯한 기분이 들지만 사실은 그렇지 않은 것입니다.

'나'는 선생님에게서 이어받은 정신을 또 다른 누군가에게 이어주기 위해 이 작품을 쓰고 있는 것입니다. 또 다른 누군가란 도대체 누구일까요. 그것은 아마도 젊은 날의 '내'가 선생님을 사모했던 것처럼 '나'를 사모해온 누군가를 말하는 것이겠지요. '나'는 그 사람에게 선생님과 나의 이야기를 말해주고 있는, 혹은 편지를 쓰고 있는 것이라고 생각합니다.

따라서 그것은 선생님이 세상을 떠난 후 어느 정도 세월이 흐른 후의 일이란 게 됩니다. 혹은 '나'에게도 죽음의 시기가 다가오고 있을지 모릅니다. 또한 그때는 이미 선생님의 사모님은 세상을 떠나 있었겠지요. 왜냐하면 선생님은 유서의 마지막에서 다음과 같이 말하고 있기 때문입니다.

> 아내가 내 과거에 대해 갖는 기억이 가능한 한 순백으로 간직될 수 있도록 해주고 싶은 것이 내 유일한 희망이니, 내가 죽은 후라도 혹여 아내가 살아 있는 이상은, 자네에게만 털어놓은 이 이야기를 나의 비밀로, 모든 것을 자네 가슴속에 묻어두기 바라네.

이처럼 『마음』이란 이야기는 세대를 뛰어넘어 계속 이어져 가는 구조를 가지고 있습니다. 친족이 아니라 아무런 이해관계도 없는, 피붙이는 아니지만 신뢰할 수 있는 타인에게 모든 것을 털어놓고, 그 이야기를 이어가며, 계속 거듭해가는 것입니다.

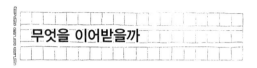
무엇을 이어받을까

 그렇다면 세대를 뛰어넘어 계속 이어져 가는 것이란 도대체 무엇일까요.

 소세키를 알아가기 위한 키워드의 하나로서 제2장에서도 언급했던 '부모미생이전'이란 말이 있습니다. 양친도 아직 태어나기 이전이란 의미입니다. 소세키의 작품 여기저기에 보이는데, 예를 들어 단편 『취미의 유전趣味の遺伝』과 『문』에 등장합니다.

 『취미의 유전』은 몇 세대나 이전의 연애감정이 이어져 내려와 그 옛날 서로에게 매료되었던 커플의 자손끼리 다시금 사랑에 빠진다는 예를 소개하는 로맨틱한 이야기입니다. 이야기의 서술자는 이 예를 설명하는 대목에서 다음과 같이 말하고 있습니다.

 내가 평생 주장해온 취미의 유전이란 이론을 입증할 수 있는 완벽한 예가 나왔다. 로미오가 줄리엣을 언뜻 본다, 그리고 이 여자임에 틀림없다고 선조의 경험을 수십 년 후에 인식한다. 일레인이 랜슬롯과 처음으로 만나 바로 이 남자라고 결심한다. 역시 부모미생이전에 받았던 기억과 정서가 오랜 시간이 지나 뇌리 속에 재현되는 것이다.

 '부모미생이전' 즉 양친이 태어나기 훨씬 이전에 받았던 기억과 정서가 자손에게 나타나 다시금 사랑을 한다는 것입니다.

그리고 『문』에서는 '부모미생이전'이란 단어가 더욱 중요해집니다. 소스케는 마음의 평안을 얻고자 참선을 위해 방문한 가마쿠라의 한 절에서 '부모미생이전본래면목은 무엇인고'하는 화두(물음)를 받습니다. 부모가 태어나기 훨씬 이전에는 무엇이 있었는가, 라는 것입니다. 소스케는 그에 대해 이렇다 할 답변을 하지 못한 채, 얻은 것도 없이 빈손으로 집에 돌아오게 됩니다.

'부모미생이전본래면목은 무엇인고.' 너무나 어려운 물음이군요. 일반적으로 생각하면 '무無'란 답변도 떠오릅니다. 실은 소세키 자신도 1894년(메이지 27년) 가마쿠라의 엔가쿠지円覚寺에서 참선했던 적이 있었는데 그때 똑같은 화두를 받았다고 합니다. 때문에 이 단어가 계속해서 키워드로 남아 있었겠지요.

저는 최근 엔가쿠지의 요코타 난레이橫田南嶺 종정에게 똑같은 것을 여쭌 적이 있습니다. 요코타 종정이 저에게 가르쳐준 답변은 '생명'이란 것이었습니다. 부모가 태어나기 훨씬 이전부터 있는 것, 그것은 '생명'이라고. 저는 소세키도 마찬가지의 생각을 하고 있지 않았을까 싶습니다.

소세키는 『마음』과 동시기에 나온 『유리문 안에서硝子戸の中』란 에세이에서 다음과 같은 에피소드를 소개하고 있습니다.

어느 날 소세키한테 어떤 여성이 찾아와 비참한 자기 처지를 이야기하고 자기는 죽는 게 나을지 사는 게 나을지 묻습니다. 소세키는 분명한 답변을 해줄 수 없었지만, 밤도 깊었기 때문에 여자를 데려다주기로 합니다. 그러자 여성은 "선생님이 바래다주시는 것은 정말 영광입니다"고 말했습니다. 그 말에 대해 소세키는 "정말로 그리 생각하십니까?"라고 묻고 여자가 "그렇게 생각합니다"

라고 대답하자 "그렇다면 죽지 말고 살아가세요"라고 대답했다고 합니다. 그 다음 이어서 소세키는 자신의 생각을 이렇게 적고 있습니다.

불쾌함으로 가득 찬 인생을 터벅터벅 걸어가고 있는 나는 자신이 언젠가 한번은 다다르지 않으면 안 될 죽음이라는 경지에 대해 항상 생각하고 있다. 그리고 그 죽음을 생보다 편한 것이라고 굳건히 믿고 있다.

어떤 날은 죽음을 인간으로서 도달할 수 있는 최상의, 최고의 상태라고 생각한 적도 있다.

'죽음은 생보다도 고귀하다.'

이런 말이 최근에는 끊임없이 내 가슴속을 오가게 되었다.

그러나 현재의 나는 지금 바로 눈앞에 이렇게 살아 있다. 내 부모, 내 조부모, 내 증조부모, 그리고 순차적으로 거슬러 올라가 백년, 이백년, 내지는 천년 혹은 만년 동안 길들여진 습관을 나의 일대一代에서 해탈하는 것은 불가능하기 때문에 나는 여전히 이번 생에 집착하고 있다.

그러므로 내가 다른 사람에게 부여하는 조언은 아무래도 이번 생이 허락하는 범위 안이 아니면 죄송스럽다고 생각된다. 어떤 식으로 살아갈까 하는 좁은 구역 안에서만 나는 인류의 한 사람으로서 다른 인류의 한 사람과 마주하지 않으면 안 된다고 생각한다. 이미 생의 한가운데에서 활동하는 자신을 인정하고 또한 그런 생 안에서 호흡하는 타인을 인정하는 이상, 아무리 괴로워도 아무리 추해도, 서로의 근본적 의의는 이번 생에서 발견할 수 있다고 해석해야 마땅하기 때문에.

'만약 살아 있는 것이 고통이라면 죽으면 되겠지요.'

이런 말은 아무리 무정하게 세상을 체념한 사람도 차마 입에 담을 수 없는 말이다. 의사 같은 사람들은 평온한 잠으로 향하고자 하는 병자에게 일부러 주삿바늘을 꽂고 환자의 고통을 잠깐이라도 연장하려고 혈안이다. 고문에 가까운 이런 행위가 인간의 덕의로서 허락되고 있는 것을 봐도 얼마나 끈기 있게 우리들이 생이라는 한 글자에 집착하고 있는지를 알 수 있다. 나는 결국 그 사람에게 죽음을 권할 수가 없었다.

지금까지 몇 번이고 지적해왔던 것처럼 소세키에게는 죽음에 대한 충동이 항상 있었습니다. 시기에 따라 그것이 강한 경우도 약한 경우도 있었겠지만, 항상 죽고 싶다, 죽는 편이 편할 것이다, 라는 마음이 있었던 것이겠지요.

그러나 소세키는 죽지 않고 살아갔습니다. 그것은 '내 부모, 내 조부모, 내 증조부모, 그리고 순차적으로 거슬러 올라가 백년, 이백년, 내지는 천년 혹은 만년 동안 길들여진 습관을 나의 일대에서 해탈하는 것은 불가능하기 때문'입니다. 요컨대 부모미생이전부터 지속되어왔던 '생명'의 흐름을 끊어낼 수 없었기 때문입니다. 부모미생이전부터 있는 것, 그것은 바로 '생명'인 것입니다. '생명'을 통해서 비로소 '마음'은 전해져 갑니다.

좀 더 폭넓게 생각하면 그것은 조모, 조부모라는 혈연관계에 국한되지 않습니다. '유類'로서의 인간은 계속 이어져 있는 것입니다. 피가 섞여 있지 않은 타인이라도 진지하게 선택하고 선택된

관계라면 그 생명을 이어받을 수 있습니다.

선생님은 자신의 생명, 자신의 마음이 '나'의 안에서 계속 살아가리라 확신했기 때문에, 자신의 모든 이야기를 '나'에게 남겼던 것입니다. '내'가 유서를 어떻게 받아들였는가 하는 것은 이 작품에서는 묘사되고 있지 않지만, 작품의 앞부분에 나온 '나는 그분을 언제나 선생님이라 불렀다'란 말로 미루어보면 '내'가 지금도 여전히 선생님을 선생님으로서 따르고 선생님의 생명과 마음을 분명히 이어받았다는 것, 또한 그것은 다음 세대에도 전해야 할 가치 있는 것이라는 '나'의 대답을 읽어낼 수 있습니다.

다음 세대란 '나'를 사모하는 누군가이기도 하고, 또한 이 이야기를 읽고 있는 우리들 자신이기도 합니다. 소세키의 작품이 그저 어둡기만 한 게 아니라 우리들의 마음에 깊은 여운을 남기는 것은 그 속에 독자가 이어가야 할 것이 있기 때문입니다.

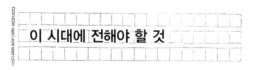

이 시대에 전해야 할 것

지금까지 소세키의 작품 중에서도 특히 제가 좋아하는 작품들에 대해 다루어보았습니다. 마지막으로 왜 지금 소세키인지, 어찌해서 소세키를 다시금 거론하는지, 그 이유에 대해 말하고자 합니다.

소세키의 작품 중에서 유독 많이 읽히면서도 이상과 같은 사정으로 긍정적인 평가와 부정적인 평가가 뒤섞여 있는 『마음』을 제가 이 책의 마지막에서 다룬 데에는 나름의 이유가 있습니다. 그것은 『마음』이란 작품이 우리들의 시대를 이야기함에 있어서 매우 시사적인 바를 남기고 있기 때문입니다.

그렇다면 '우리들의 시대'란 무엇일까요. 저는 이 일본열도에서 살아가는 사람으로서 최근의 동일본대지진을 피해갈 수는 없다고 생각합니다. 그것은 단순한 자연재해에 머무르지 않고 미증유의 원폭사고를 동반한 문명사적인 대사건으로, 지금도 우리들은 '포스트 동일본대지진' 속에서 살아가고 있는 것입니다. 이 경우의 '포스트'란 끝나버린 '후'라는 의미가 아니라 오히려 그러한 문명사적인 사건의 의미에 대해 질문을 받고 더욱이 그것으로부터 벗어날 수 없다는 의미에서의 '포스트'입니다.

여러분도 자연과 문명의 양자로부터 우리에게 내던져진 물음 앞에 서 있을 수밖에 없습니다.

그리고 동시에 2015년이란 해는 전후 70년에 해당됩니다. 전쟁이 문명의 질병이자 가장 자연 파괴를 일삼는 행위라고 한다면 그것은 '포스트 동일본대지진'과 서로 중첩되며 우리들에게 심각한 물음을 던지지 않을 수 없습니다. 우리들은 어떤 인간적 이상을 가졌으며 무엇을 목표로 하고 있는가, 애당초 무엇을 위해 살아가고 있는가, 무엇을 행복이라 생각하는가……, 대략 이런 물음들이 근본적으로 제시되는 것입니다.

소세키는 메이지유신부터 제1차 세계대전이 한창일 때까지 실로 근대 문명이 일본에 발흥하고 그것이 거대한 재해를 불러일으켰던 시대를 살아갔습니다. 어떤 의미에서 소세키는 우리들보다 앞서 문명사적인 사건과 끊임없이 마주해온 '선배'인 것입니다.

그런 가운데 소세키는 심플하지만 가장 중요한 것을 우리들에

소세키가 세상을 떠난 다음 달, 절필 「명암明暗」이 이와나미서점에서 간행되었다. 발매일에 이와나미 서점 앞에 모인 창업자 이와나미 시게오(앞열 오른쪽에서 두 번째)와 사원들.

게 남겨주었습니다. 그것은 어떠한 비극이나 절망에 빠져도, 눈물을 삼키고 앞으로 나아가겠다는 '각오' 같은 것입니다. 그리고 그런 각오를 짊어지는 개인은 그저 고독 가운데서 살아가고 있는 게 아닙니다. 오히려 사람으로부터 사람에게로 전해지고 받아들여지고 또한 전해져 내려가는, 무척이나 커다란 '생명'의 흐름 안에서 살아가는 개인인 것입니다. 결코 끊어지지 않는 이 '생명'의 흐름을 어떤 의미에서는 '혼의 상속'이라 부르고 싶습니다.

소설 『마음』은 실로 그러한 '혼의 상속'에 대한 이야기인 것입니다. '나는 그분을 언제나 선생님이라 불렀다'로 시작되는 『마음』은 분명 성인에게, 아마도 세상을 떠난 선생님과 비슷하거나 그 이상의 연령에 도달한 '내'가 일찍이 젊은 시절의 '나'로 생각되는 청년에게 들려주는, 선생님과 K, 선생님과 '나'의 이야기라고 볼 수 있습니다. 그렇게 생각해본다면 죽음을 선택한 선생님과 선생님을 둘러싼 사람들의 이야기는 확실히 '나'를 통해서 다음 세대로 이어져 가는 것을 알 수 있습니다.

'포스트 동일본대지진'을 살아가는 우리들은 대지진과 원폭사고를 겪어냈고, 앞으로도 겪어낼 사람들의 이야기를 전하고 또한 이어감으로써 '생명'의 흐름 안에서 지금을 살아가고 있는 우리들 각각의 삶의 의미를 이해할 수 있을 것입니다. 소세키를 읽는다는 것은 그러한 '영혼의 상속'에 대한 이야기를 새삼 헤아려보는 것이라고 말할 수 있지 않을까요.

저는 여러분들이 미래를 향해 힘겨운 시대를 살아간 사람들의 이야기를 이어 받고, 더 나아가서 여러분들의 새로운 후배들에게 이 이야기를 전해주기를 간절히 기원합니다.

역자후기

　더 이상 젊은이가 아닌 나 같은 사람에게는 나이가 들어간다는 것이 참으로 유쾌한 경험일 수 있다. 그렇다. 책을 번역하는 동안, 나이를 먹으니 이런 혜택도 있네, 하며 미소 짓는 순간이 여러 번 있었다.

　나쓰메 소세키의 책들을 처음으로 읽었던 것은 대학 시절이었다. 일본문학을 전공했던 탓에 일본의 '국민작가' 나쓰메 소세키 문학을 접할 기회는 무수히 많았다고 할 수 있다. 돌이켜 보면 그 무렵의 나에게는 무라카미 하루키의 『노르웨이의 숲』 같은 현대소설이 훨씬 쉽고 공감이 가는 작품이었을지도 모른다. 나쓰메 소세키의 『나는 고양이로소이다』는 고양이가 주인공이라는 묘한 감각만이, 『도련님』은 독특한 사고방식이, 『마음』은 끊임없이 고민하는 맥없는 지식인의 복잡한 정신세계만이 기억에 남을 뿐, 전반적으로 명성에 비해 쉽게 이해하기 어려운 소설로 인지되었다.

　그렇게 타임캡슐 속에 소중히 봉인되었던 기억과 함께 바야흐로 불혹을 넘긴 지금, 다시 뜨겁게 나쓰메 소세키를 만났다.

　20여 년 만에 다시 만난 나쓰메 소세키는 완전히 다른 사람이었다. 『나는 고양이로소이다』를 읽으면서 파안대소했고, 『문』의 엔딩 장면에서 가슴이 먹먹해졌으며, 『마음』을 읽으며 '선생님'의 진정한 '마음'에 다가갈 수 있었다. 세월이 준 선물이었다.

　더더욱 소중한 만남은 바로 강상중 선생님과의 재회였다. 나쓰메 소세키를 읽다가 강상중 선생님을 새로이 만났다고 해야 할까. 일본 유학 시절 내내 사상의 개척자로서 존경해왔던 강상중 선생님. 우연한 기회에 짧은 순간이나마 직접 뵐 수 있었던 선생님은 생각했던 것보다 훨씬 사교적이셔서 놀랐던 적이 있다. 하지만 그것을 강상중 선생님과의 첫 만남이라 하기에는 어딘지 부족했다. 번역을 하며 강상중 선생님의 진정한 '마음'에 조금이라도 다가갈 수 있었던 것이야말로 정말 소중한 첫 만남이었다. 앞으로도 오랫동안 선생님과 만나고 싶다는 생각이 들었다.

이 책은 이와나미 주니어 신서로 좀 더 젊은 학생들을 대상으로 하고 있다. 하지만 한국 독자라면 나쓰메 소세키의 문학을 접할 수 있는 기회이면서 동시에 강상중 선생님과 마음으로 대화할 수 있다는 점에서 연령과 상관없이 읽을 수 있을 것이다. 젊은 독자라면 지금 느끼고 있는 나쓰메 소세키와 강상중 선생님에 대한 기억을 부디 잘 간직해두길 바란다. 먼 훗날 타임캡슐을 열었을 때 세월의 마법을 느낄 수 있을 것이다. 이미 나처럼 나이든 독자라면 나쓰메 소세키도 강상중 선생님도 분명 마음의 벗이 되리라 생각한다.

아울러 양질의 이와나미시리즈를 꾸준히 한국사회에 소개하고 있는 에이케이커뮤니케이션즈의 모든 가족분들에게 깊은 감사의 마음을 전한다.

2016년 6월 20일

옮긴이 **김수희**

강상중과 함께 읽는 나쓰메 소세키

초판 1쇄 인쇄 2016년 7월 20일
초판 1쇄 발행 2016년 7월 25일

저자 : 강상중
번역 : 김수희

펴낸이 : 이동섭
편집 : 이민규, 김진영
디자인 : 이은영, 이경진, 백승주
영업 · 마케팅 : 송정환, 안진우
e-BOOK : 홍인표, 이문영, 김효연
관리 : 이윤미

㈜에이케이커뮤니케이션즈
등록 1996년 7월 9일(제302-1996-00026호)
주소 : 04002 서울 마포구 동교로 17안길 28, 2층
TEL : 02-702-7963~5 FAX : 02-702-7988
http://www.amusementkorea.co.kr

ISBN 979-11-274-0010-1 04830
ISBN 979-11-7024-600-8 04080

KANG SANG-JUNG TO YOMU NATSUME SOSEKI
by Kang Sang-jung
ⓒ2016 by Kang Sang-jung
First published 2016 by Iwanami Shoten, Publishers, Tokyo.
This Korean edition published 2016
by AK Communications, Seoul
by arrangement with the proprietor c/o Iwanami Shoten, Publishers, Tokyo

이 도서의 국립중앙도서관 출판예정도서목록(CIP)은 서지정보유통지원시스템
홈페이지(http://seoji.nl.go.kr)와 국가자료공동목록시스템(http://www.nl.go.kr/kolisnet)에서
이용하실 수 있습니다. (CIP제어번호: CIP2016014735)

*잘못된 책은 구입한 곳에서 무료로 바꿔드립니다.